河出文庫

枕女優

新堂冬樹

目次

枕女優　5

文庫版あとがき　芸能界という魔境　220

枕女優

序章

メールの短い着信メロディが鳴った。
ガラステーブルの上に置かれていた携帯電話を手に取り、受信ボックスをクリックした。

遅くなってごめん。来週のスケジュールが出たのでよろしく。

1月29日（月）
AM6：30　スタート
AM7：00　渋谷　ビデオスペース入り
AM7：30　ドラマ収録

PM2：30　青山　表参道スタジオにてCM撮影
PM6：00　恵比寿　ラスティホテルのラウンジにて『chu♥chu』インタビュー
PM7：30　原宿　フローレンススタジオにて『クールビューティー』表紙撮影
AM0：00　渋谷　ビデオスペースにてドラマ収録
AM3：00　終了予定

1月30日（火）
AM8：00　スタート
AM9：00　葛西臨海公園現地入り
AM9：30　ドラマ・ロケ収録
PM4：00　お台場のBX・バラエティ収録にて番宣
PM8：00　青山『レディブロンド』レセプションパーティー出席
PM9：30　渋谷　アークスタジオにて『週刊TVフレンド』表紙撮影
PM11：30　渋谷　ビデオスペースにてドラマ収録

ＡＭ２：００　終了予定

ため息を吐《つ》き、携帯電話のボディを閉じた。

第一章

彼女がアカデミー主演女優賞をとった作品とわかっていながら、その太った女性がシャーリーズ・セロンだと気がつくのにしばしの時間がかかった。

退廃的な仕草、澱《よど》み充血した瞳、ボサボサの髪、荒れた肌、罅割《ひびわ》れた唇、黄ばんだ前歯……どこからどうみても、惚れ惚れするような容姿を持つ彼女と同一人物とは思えなかった。

驚愕したのは、外見だけではない。

低く嗄《か》れた声も、荒っぽくショットグラスの中の酒を飲み干す仕草も、アルコールが内臓に染みわたる様を表現する下唇を突き出し眉間に皺を寄せる表情も、そのすべてが、モデル出身の美形女優のイメージから懸け離れていた。

彼女の女優魂には尊敬という次元を超え、ただただ圧倒された。

水香《みずか》は、リモコンを手に取りＤＶＤのスイッチを切った。

面白そうなストーリーであり、同業者としても刺激的な映画だった。

なのに、水香が観る意欲を失ったのは、その刺激がいまの自分の精神状態では耐え切れなかったからだ。

ソファの背凭《せもた》れに深く身を預けた水香は、ガラステーブルの上のスタンドミラーに映る自分とみつめ合った。

三年前に比べて大きくなった眼と高くなった鼻梁、一年前よりシャープになった顎《あご》のライン。

男女問わず、初めて会った人のうち八割は、綺麗ですね、かわいいね、素敵だよ、と、なにかしらの褒め言葉をくれる。

鈴木弘子《すずきひろこ》から鳥居水香《とりいみずか》になった当初、その褒め言葉は三割程度だった。

デビューして一年後には三割が五割に、二年後には五割が七割に、現在《いま》では、その七割が八割に増えた。

デビュー間もない頃は褒められるたびに舞い上がり、業界に慣れてくるとそれが当然になり、最近では褒められると複雑な気分に囚われるようになった。

増えた五割の人々は、本来の自分ではない自分に魅了されているのだ、と。

いや、もともといた三割の人々も、鈴木弘子とは別人に近くなった鳥居水香しか知らないので、八割全員が偽りの自分に褒め言葉を発した、ということになる。

道で擦《す》れ違う通行人、テレビ局の裏口で待ち伏せしているファン、打ち合わせしているスタッフ、食事に行った先のレストランのボーイ……彼、彼女らが接しているのは女優、鳥居水香であり、鈴木弘子ではないのだ。

容姿の違いだけを問題にしているのではなく、性格面にも変化が現れていた。

仕事では鳥居水香で、家に帰れば鈴木弘子の生活を始めて四年目を迎える。

駆け出しの頃、一日のうちに弘子と水香が占めていた割合は九対一であり、売れっ子女優になるほどにその比率が八対二、七対三、六対四、五対五と移り変わっていった。

五クール連続でドラマの主演を務めるようになった現在、早朝から深夜まで鳥居水香でいなければならない生活が続き、それはいつしか、いなければならない、から、いることがあたりまえの日常になった。

ゴミを出しに行くときはもちろんのこと、誰もみていない部屋にいるときでさえ水香のままでいた。

台詞《セリフ》の暗記、本読み、インタビュー原稿のチェック……人目を気にする必要はなくなっても、水香としてやらなければならないことが山積みしていた。

思考が水香のときは、当然、振る舞いも水香になる。

弘子は笑い上戸で、喉の奥まで丸みえになるほどに大口を開けて笑う少女だった。

弘子は女性らしさよりも動きやすさを優先し、普段着はジーンズで通す少女だった。

弘子は高校の頃に興味本位で覚えた煙草を、日に十五本は吸う少女だった。

水香はおしとやかに微笑み、シックなドレスに身を包み、移動の新幹線では禁煙車を選ぶ女性だった。

水香を演じているうちに、プライベートでも大口を開けて笑うことがなくなり、クロゼットの中を占拠していたジーンズは片隅に追いやられ、タクシーの車内に前の客の吸った煙草の香りが残っていたら、人目がないときでも自然と窓を全開にするほどになっていた。

人間は習慣の生き物だということを、水香は自らの言動で証明した。

そして最愛の人との別れ。

——鈴木弘子は、どこに行ったんだよ？

それが、卓人《たくと》が水香にかけた最後の言葉だった。……卓人の哀しげな声が、水香の病んだ心に爪を立てた。

卓人は、水香がどんなスキャンダルを起こしても、つねに「弘子」として接してくれる唯一の存在だった。

しかし水香は、恋人よりも虚像の世界の住人でいることを選んだ。

自ら、唯一素《す》のままの自分でいられる場所を捨てた。

「私、誰だろう……」

水香は、スタンドミラーの中の自分に語りかけた。

第二章

細い廊下を慌ただしく駆ける大道具や小道具のスタッフ、ADを厳しい口調で叱りつけるディレクター……初めて足を踏み入れたテレビ局の独特な雰囲気に、弘子は興奮を隠せなかった。

廊下の向こう側からは、いまをときめく視聴率女王の浅見《あさみ》冷菜《れいな》が複数の取り巻きに囲まれて優雅に歩いてきた。

いつもテレビや雑誌で観ている売れっ子女優が、ドラマでも映画でもなく、手を伸ばせば届く位置にいるなど信じられなかった。

「お、おはようございます」

弘子は、全身を棒のように硬くし、冷菜に頭を下げた。

冷菜は弘子に視線もくれず、スタジオの中へと消えた。

「水香。お前、なにやってるんだ？」

チーフマネージャーの谷川が、足を止め振り返った。

「あ、私、冷菜さんの大ファンなんです。だから……」

「馬鹿か、お前。なに素人みたいなことを言ってるんだ？　はやくこい」

呆れたように言うと、谷川が手招きをして踵《きびす》を返した。

「いいか？　しっかり自分を売り込めよ」

ガラスの壁で仕切られた喫煙ルームの前でふたたび足を止めた谷川が、弘子のワンピースの胸もとを大きくはだけさせると、扉を開けて中へ入った。

「どうもどうも、川口さん、お疲れ様です」

谷川が弘子の前とは打って変わった腰の低い態度で、ソファに座り紫煙をくゆらせる中年男……川口に深々と頭を下げた。

「おう、谷ちゃんじゃないの。番組入ってるの？」

「いえ、今日は、ウチの新人のご挨拶に伺いました。ほら、川口プロデューサーにご挨拶して」

谷川が、弘子を促した。

「はじめまして、鳥居水香と申します」

「お、いいコが入ったじゃない。まあまあ、座って」

弘子の胸の谷間に舐めるような視線を這《は》わせていた川口が、隣の椅子を指差した。

「はい、失礼します」

「水香ちゃん、いくつ？」

川口が、弘子の太腿に手を置きながら訊《たず》ねた。

弘子は、助けを求めるように谷川を見上げた。

谷川は、気づかないふりをして横を向いた。

「十八です……」

「ほう、高校生？　若いねぇ」

弘子は、強張《こわば》った顔に微笑みを浮かべた。

「なにかスポーツをやってたの？」

粘っこい視線を弘子の胸もとに向ける川口の手が、太腿を揉み始めた。

肌が粟立ち、背筋に悪寒《おかん》が走った。

「水泳を、ちょっとだけ……」

それでも、弘子は嫌悪が顔に出ないように、微笑みを絶やさなかった。

「水泳かぁ。じゃあ、躰の締まりがいいんだろうねぇ」

頬肉を弛緩させた川口が顔を近づけ、歯肉炎で赤く腫れ上がった歯茎を剥き出しに卑しく笑った。

「やめてくださいっ」

太腿のつけ根に移動しようとする川口の手を押さえた弘子は、強い口調で言った。

その声に、谷川が弾かれたように凍てついた顔を川口に向けた。

「谷ちゃん、用事がないならもう行くよ。次の撮りが始まるからね」

川口が、それまでとは打って変わった厳しい顔で谷川に言うと椅子から立ち上がり喫煙ルームを出た。

「お前、いったいどういうつもりだ⁉」

谷川が、血相を変えて弘子を叱責した。

「躰を触られて……」

「馬鹿野郎！　足を撫でられたくらいでなんだっ。川口Pはな、月9のドラマ枠の決定権を持ってるんだぞっ。端役《はやく》でも貰《もら》おうと売り込みをかけてくる新人タレントが、何百人いると思ってるんだ⁉　それくらい我慢できなくて、役なんか貰えるわけないだろうが！」

「でも……」

「でもじゃない！　お前、なんのためにウチのオーディションを受けたんだ？　女優になりたいからじゃないのか⁉」

女優になりたい……魔法の言葉に、弘子は頷《うなず》いた。

小学生の頃の弘子は、俗に言うテレビっ子だった。

スクリーンの中できらびやかな衣装を着て歌うアイドルのまねをしては、クラスメイトを笑わせた。

昼休みや自習の時間、弘子は引っ張り凧だった。

みなのリクエストに応えるためにはアイドルを研究せねばならず、机よりもテレビに向かう時間が圧倒的に長くなった。

恵まれていたのは、そんな弘子を叱るでも小言を言うでもない両親の寛容さだった。

換言すれば放任とも言えたが、どちらにしても子供のやることに一切の干渉をしないという両親のスタンスが、弘子の芸能界への憧れを加速させた。

みなが喜び、驚く顔をみることがなによりの幸せだった弘子の胸には、次第に、もっと大勢の人々に注目されたいという思いが大きくなっていった。

中学生の頃、友人と渋谷で映画を観た帰りに、弘子は黒山の人だかりに遭遇した。

スーツ姿の屈強なふたりの男にガードされながら人垣から出てきた女性を眼にした弘子は、彼女が発する圧倒的なオーラに一万ボルトの電流を流されたような衝撃を受け、その場から動けなかった。女性の魅力は、美しいとか、かわいいとか、そういうありきたりな語彙《ごい》で形容できる次元ではなく、もっと言えば、魅力、という表現さえ陳腐に思えるほどだった。

人波の襲撃に顔を強張らせ小走りに車へと駆け込むその姿さえ、弘子の瞳には優雅に映った。

その女性こそが、さっき廊下で擦れ違った浅見冷菜だったのだ。

彼女との一方的な出会いで、弘子は女優という職業を初めて意識した。

クラスメイトが高校受験に向け塾に通い家庭教師をつけて猛勉強に励《はげ》んでいた頃、弘子はタレントオーディション雑誌を複数買い込み、応募に精を出していた。

しかし、芸能界への道は厳しく、険しかった。

一次選考で撥《は》ねられる。

一次選考をクリアし、二次選考で撥ねられる。

一次、二次選考をクリアし、最終選考で撥ねられる。

確実にステップアップしてはいるものの、結果的に弘子は四つ連続でオーディションに落選した。

最終選考にまで行った、という思いだけを励みに、その後も新しいオーディションの開催を発見するたびに応募を続けた。

だが、最終選考の壁は厚く高く、さらに三つ連続で落とされ、気づいたときには中学三年の二学期を迎えていた。

さすがの両親も、この頃になると受験勉強をしなさいと口にするようになった。

付け焼き刃の受験勉強だったが、なんとか中の下レベルの高校に入学することができた。

高校生になっても、芸能界への夢は捨て切れず、弘子のチャレンジは続いた。

だが、相変わらず、最終選考まで残っては落選することの繰り返しだった。

高校三年のGW……十八歳の誕生日を目前に控えた弘子は、ドルフィンプロダクションという小さな芸能プロダクションの新人タレントオーディションを最後のチャレンジにするつもりだった。


――芸能人になるためだったら、なんでもしますか？

選考委員の質問に、最終選考に十人残った女のコの中で躊躇《ためら》いなく頷いたのは弘子だけだった。

一時間の休憩を挟んでの結果発表。選考委員長であるドルフィンプロダクションの社長から名前を呼ばれたときに、弘子は放心状態で立ち尽くした。

最後の最後に、弘子は念願の芸能界入りを果たした。


――少し瞼《まぶた》が重いな。鼻ももう少し高いほうがいい。歯並びも気になる。谷川、一カ月で全部直させろ。売り込みはそれからだ。

六月上旬に行われたオーディションの最終選考から一週間後。渋谷の事務所で弘子が契約書の署名を終えると、社長の神原は谷川にあたりまえのように命じた。

――歯医者に行くのはいいんですけど、眼と鼻は……。

弘子は、恐る恐る訴えた。

神原が谷川に命じたのは目頭切開と隆鼻術《りゅうびじゅつ》……つまり、眼を二重に大きくし、鼻を高くする整形手術だった。

弘子は、躰にメスを入れることへの恐怖以上に、親や友人に一生会えなくなる、という不安に襲われた。

――オーディションのときに、芸能人になるためならなんでもすると言っただろう？　芸能界では、眼と鼻をいじるのは髪を切るのと同じくらいにあたりまえのことだ。いやなら、契約は取り消しだ。

ようやく手に入れた芸能界への切符。迷うという選択肢は、弘子の頭にはなかった。

最初の手術は、目頭切開だった。もともと二重瞼だった弘子は、瞼の内側の蒙古襞《もうこひだ》を切開するだけでネコ科の動物のような切れ長で大きな眼を手に入れることができた。目頭切開の手術から二週間空け、術後の腫れがおさまったところで次の手術……隆鼻術を行った。

弘子の場合、鼻梁は高かったのだが鼻尖が少し団子気味だったので、鼻腔に人工軟骨を入れ、鼻翼の脂肪を吸引することでほっそりと尖った鼻に変身した。

最後に八重歯と、顔を小さくするために下顎の左右の奥歯を二本ずつ抜歯し、芸能人、鳥居水香が誕生したのだった。

「すみませんでした……」

弘子は、素直に谷川に詫びた。

たしかに、彼の言うとおりだった。

なんのために、高校を中退し、故郷を捨て、そして別人の顔になってまでこの世界に飛び込んだのか？　それは、誰もが名前を知り、憧れを抱く、一流の女優になるためだ。

「俺は、これから川口Ｐに謝って、お詫びとして今夜接待するつもりだ。水香。わかってるだろうな？」

谷川が、意味ありげな眼で弘子をみつめた。

デビュー直前にも、彼の同じような眼をみたことがあった。

そのときの相手は、事務所社長の神原だった。

好きでもない男性に抱かれることを汚れるというのならば、弘子にはもうその心配をする必要がなかった。

弘子は、谷川から眼を逸《そ》らさず、小さく顎を引いた。

［綾］

ソファに仰向けになった綾は、携帯電話を開いた。

相変わらず、ディスプレイにメールマークは浮いていなかった。

午後十時からの三十分間で、もう、十回はメールチェックを繰り返していた。

マークがないだけでは信用できず、センター問い合わせまでしてみたが、受信ボックスは空のままだった。


——悪いけど、急遽《きゅうきょ》、阿東証券の専務を接待しなきゃならなくなって、都合が悪くなったんだ。あの専務、気紛れだから本当に困るよ。


つき合って一年間、デートの約束をキャンセルされたのは初めてだったが、豊が取引先の役員を接待すること自体は珍しくなく、不安になる必要はなかった。

ただしそれは、去年、秘書課に美奈子が入社するまでの話だ。

ミス慶明の美奈子は、アイドル顔負けの容貌を持っており、社内の男性社員達はなにかとかこつけては秘書課に出入りしていた。

それまでは、その男性達は綾のいる経理課詣でをしていたというのに。

綾とて、モテないわけではない……というより、いまでも男性社員のマドンナ的存在だった。

ただ、美奈子が現れる前に比べてファンの数は明らかに減っていた。

――あれは、義理チョコだよ。秘書課のほかの連中にも、同じように渡しているんだからさ。

――でも、それってゴディバでしょう？　その大きさだと五千円はするわよ。義理で上げる金額じゃないと思うんだけど。それに、秘書課の男性社員に配るならわかるけど、どうして営業課のあなたにまで？

綾が美奈子を意識するようになったのは、先々月のバレンタインデーからだった。

百八十を超える長身、整った容姿、社長の次男……豊は、女性社員の憧憬の的だった。

美奈子が、豊を狙ったとしても不思議ではない。

二十数年間の人生で、綾は嫉妬というものを初めて経験した。

過去に、綾が意識する女性などいなかった。

やっかまれることはあっても、やっかむことはなかった。

それだけに、誰かと競い合うということに免疫がなく、綾は精神的にひどいストレスを感じていた。

「呑み過ぎてないか、確認するだけ……」

綾は自分に言い聞かせるように呟き、携帯電話のボタンを押した。


オカケニナッタデンワハデンパノトドカナイトコロニアルカデンゲンガハイッテイナイタメカカリマセンオカケニナッタデンワハ……。


綾はため息を吐き、通話ボタンを切った。

接待している店は地下にあるのだろうか？　それとも、電源を切っているのか？

不安が疑念を生み、疑念が不安を生んだ。

綾は居ても立ってもいられず、ふたたび携帯電話の通話ボタンを押した。

『綾？　こんな時間にどうしたの？』

三回目のコールで出た尚子が、少しだけ驚いた声で言った。

尚子とは親友と言ってもいい間柄だったが、八時以降に電話をかけることは滅多になかった。

「ごめんね。あのさ、尚子の課に高田美奈子さんっているよね?」

『ああ、美奈ちゃんがどうかした?』

「彼女の電話番号って知ってる?」

『電話番号? 知ってるけど……でも、どうして?』

「今日、会社の近くで高田さんの財布を拾ったのよ。困っているだろうから、教えてあげようと思って」

『まあ、大変。じゃあ、私がかけて言っておいてあげるわよ』

「ううん。自分で言うわ。人伝《ひとづて》じゃ、万が一のことがあったらいやだから、金額とかも確認しておきたいし……」

『そうね。じゃあ、メモの用意はいい? 言うよ』

綾は、尚子が口にする携帯電話の番号をチラシの裏に書き留めた。

「ありがとうね。じゃあ、おやすみ」

綾は電話を切り、立て続けにいま聞いたばかりの番号をプッシュした。

もちろん、非通知なのは言うまでもない。

三回、四回、五回……。

寝ているのか？　それとも、電話に出られない事情でもあるのか？　六回、七回、八回……。

コール音が回数を重ねるたびに、いら立ちと焦燥感《しょうそうかん》が募っていく。

九回、十回、十一回……。

『はい？』

綾が電話を切ろうとしたそのとき、若い女性の声が出た。

「高田美奈子さん？」

普通なら、この時間帯に電話をかける場合は、夜分遅くに申し訳ございません、と気遣いの言葉を口にする綾だったが、美奈子には言いたくなかった。

『そうですけど、どちら様でしょうか？』

顔同様のかわいらしい声が、綾の神経を逆撫でた。

「丹波豊さんを出してもらえる？」

美奈子の質問を無視して、綾は言った。

『豊さんはいませんけど……。あの、どちら様ですか？』

警戒のためか、美奈子の声が硬くなった。

「豊さんだなんて、ずいぶんと馴々《なれなれ》しいわね。あなた達、いったい、どういう関係なの⁉」

『名乗らない人に、そんなことを言う必要はありませんッ』

「なんですって！」

開き直る美奈子。綾の怒りに拍車がかかった。

『失礼します』

「あ、ちょっと……もしもし⁉　もしもし⁉」

ツーツーツーという無機質な発信音を垂れ流す携帯電話に向かって、綾は大声で呼びかけた。

豊は美奈子の部屋にいる。

不安が、確信に変わった。

綾はふたたび、尚子に電話をかけた。

『繋がった？』

電話に出るなり、尚子が訊ねてきた。

「ううん。電源が切られていたの」

『寝てるんじゃない？　明日の朝、秘書課に持って行ってあげればいいじゃない』

「それじゃ、私の気持ちが落ち着かないのよ。あのさ、尚子、秘書課の名簿持ってる？」

『多分、あると思うけど……どうして？』

「いまから、持って行ってあげようと思って」

『いまから？　もう、十一時を過ぎてるのよ？　かえって迷惑がられるだけだからやめときなって』

尚子の言うことは、もっともだった。

ただし、本当に財布を届けるのが目的だったら、の話だ。

「財布を届けてあげるんだから、迷惑がられるわけないでしょう？」

込み上げるいら立ち。こうしている間にも、豊は美奈子のベッドで……。

『そうだとしても、もう遅いんだから、明日にしなさい。それに、名簿もどこにしまってあるかわからないし、これから探すとなると楽に一時間はかかっちゃうわ。私もそろそろ寝ようと思っていたところなの』

「お願い。人の財布を預かったままなんて、気持ち悪くて眠れないわ」

『だいたいあんたさ、どうして交番に届けなかったのよ？』

尚子が、初歩的な疑問を口にした。

当然訊かれることだと思い、答えはちゃんと用意してあった。

「人と待ち合わせをしてて、あとから届けようと思ったんだけど、そのまま忘れて帰ってきちゃったの」

『まったく、ドジね。まあ、とにかく、明日まで我慢なさい。お酒でも呑んだら、リラックスして眠れるって』

「そんな無責任な……」

『じゃあ、悪いけど』

綾の言葉を遮り、尚子は電話を切った。

綾は携帯電話のスイッチを切ると、財布を手にしてリビングをあとにした。

一分、いや、一秒でもはやく、美奈子の家に行き、真実を突き止めなければならなかった。

綾は外に出ると、空車のランプを点したタクシーに手を上げた。

☆　☆

パールホワイトの外壁が印象的なマンションのエントランスに足を踏み入れた綾は、エレベータに乗り込んだ。

階数表示のオレンジ色のランプが五階に止まる。

エレベータから降りた綾は、突き当たりのドア……五〇三号室の前で歩を止めた。

微かな罪悪感を抱きつつ、インターホンを押した。

黙秘を貫くスピーカーに、綾は二度目のベルを鳴らすかどうか逡巡した。

尚子との電話を切ってから、三十分は経っている。

もう、寝ているのかもしれない。

起こすのは申し訳ないが、自分にとっては緊急事態なので仕方がない。

そう己に言い聞かせた綾が、二度目のベルを鳴らそうとしたときだった。

『はい？』

スピーカーから、警戒するような尚子の声が流れてきた。

「ごめん、綾だけど……」

スピーカーの向こう側で、尚子の息を呑む気配が伝わってきた。

ほどなくして、内カギとチェーンの解錠音が聞こえ、薄く開いたドアから尚子が顔を覗かせた。

「こんな時間に、どうしたのよ？」

「本当に申し訳ないんだけど、秘書課の名簿を探してくれる？　私、外で待っているから」

「ちょっと、本気で言ってるの？　いい加減にしてくんないかなぁ、もう」

尚子が、迷惑そうな顔で言った。

それはそうだ。これから寝ようとしているところに押しかけられ、探し物をしてくれだなどと言われたら、綾も同じように不機嫌になるに違いない。

本当のことを言わなければ協力してくれそうにもないのは、綾を玄関に招き入れてくれようとしない彼女の態度が証明していた。

「実は……嘘を吐いていたの」

綾は、ぽつりと切り出した。

「なにを？」

「財布のこと。美奈子さんは、財布なんて落としてなかったのよ」

「いったい、どういうこと？」

「豊さん、美奈子さんと浮気しているようなの」

綾は恥を忍び、真実を告げた。

「え⁉　豊さんと美奈ちゃんが……」

尚子が、表情を失い絶句した。

力なく、綾は頷いた。

「な、なにかの間違いよ。私、美奈ちゃんと毎日会ってるけど、そんな様子はないわよ」

「彼女は、かなりしたたかな女だと思うわ。私はなにも悪くありません、みたいな顔をして……絶対に、許せないッ」

美奈子のことを語っているうちに怒りが込み上げ、ついつい語調が荒々しくなってしまった。

「落ち着いて、綾。証拠もないのに、人のことをそんなふうに言っちゃだめよ」

「証拠ならあるわ。豊さん、私との今日の食事を直前になってキャンセルしたの。さっき、美奈子さんに電話をしたら、ひどく動揺していて……絶対に、怪しいわ」

綾は下唇に前歯を突き立て、肩を震わせた。

「考え過ぎだって。豊さんだってたまには緊急の接待くらい入るだろうし、美奈ちゃんにしても、いきなり話したこともない女の人から電話がかかってきたらびっくりするわよ。ほら、それに、阿東証券の専務って、接待を断ると凄い不機嫌になるらしいじゃない。豊さんも、仕方がなかったのよ」

尚子が、綾を励ますように言った。

持つべきものは、やはり友達……。「！」

「尚子……あなた、どうして豊さんが阿東証券の専務さんを接待するって知ってるのよ？」

綾の問いかけに、尚子の表情が氷結した。

「どうしてって……同じ会社だから……」

「緊急で入った営業課の豊さんの予定を、秘書課のあなたが知るわけないでしょう⁉まさか……」

綾の脳裏を、恐ろしい考えが過《よ》ぎった。

もし、この直感が当たっていれば、尚子が綾を玄関に招き入れない理由も納得できる。

「いやね、綾。そんなに怖い顔して……あ、ちょっと……」

綾はドアを思い切り引き、肩から尚子に体当たりを食らわせ玄関へと踏み込んだ。

「待って……勝手に入らないでよ！」

背中に追い縋《すが》る尚子の声を振り切り、土足のまま廊下を駆けた。

突き当たり。寝室のドアを開けた綾の視線の先……全裸でベッドに横たわり寝煙草をしていた豊が、弾かれたように身を起こした。その顔は、まるで幽霊と遭遇したとでもいうように血の気を失っていた。

「ひどい……」

呆然と立ち尽くす綾の口から、屈辱、驚愕、憤怒にうわずる声が零《こぼ》れ出た。

第三章

モスグリーンの絨毯《じゅうたん》を歩く弘子の足取りは、鉄の靴を履いたように重かった。

芸能界に入れば、自動的に有名になれると信じていた。

あまりにも、考えが浅はかだった。

千も二千もある芸能事務所が売り出そうとするタレントの中から頭ひとつ抜け出すには、とにもかくにも売り込んでもらう必要があった。

テレビ局のドラマ班やバラエティ班のプロデューサー、映画制作会社のプロデューサー、出版社の編集長、広告代理店、スポンサー、映画監督、脚本家、原作者……顔を覚えてもらわなければならない相手は枚挙にいとまがない。

芸能界には、行政枠というものがあることも初めて知った。

行政枠とは、ドラマなどのキャスティングで、特定のプロダクションのタレントを使わなければならないという決まり事である。

売れっ子タレントが複数所属する大手プロダクションに、行政枠が適用されることは多い。

四月のドラマクールの主役はどこそこプロダクションの誰で、七月はどこそこプロダクションの誰で……というふうに、ほとんどのドラマの主要キャストには大手プロダクションのタレントが起用されることが決まっている。

ドラマは作品ありきではなく、まずはタレントありき……つまり、そのタレントのイメージに合わせた物語が選ばれるのだ。

弘子の所属する事務所はいわゆる弱小プロであり、もちろん、行政枠などない。

行政枠のない事務所がドラマの主要キャストの座を射止めるのは不可能に近く、猛烈な売り込みの末にようやく手にできたとしても、十番手あたりの脇役程度だ。

脇役という少ない出番の中で、光る演技と存在感を示してプロデューサーに気に入られれば、新ドラマのキャスティングの際に声がかかるということもある。

コネも影響力もない弱小プロに所属するタレントがトップスターになるには、そうやって少ないチャンスをものにしていかなければならないのだった。

一〇〇二号室のドアの前で、弘子は歩を止めた。

鼓動が高鳴った。ここで踵を返すことはできたが、それをやってしまえばすべてが終わってしまう。

マネージャーに連れられてテレビ局や出版社を回るのが表の売り込みならば、いまから弘子がやろうとしていることは裏の売り込みだ。

枕営業《まくらえいぎょう》……つまり、肉体を使った接待だ。

弘子は小さく息を吸い込み、ドアをノックした。

『開いてるよ』

部屋の中から聞こえる川口の声に沸き上がる嫌悪感を押し殺し、弘子はドアを開けた。

「失礼します」

弘子は硬い声で言いながら、室内に足を踏み入れた。

「遅かったじゃん。こないかと思ったよ」

ソファに座ったナイトガウン姿の川口が、卑しい笑みを浮かべながら弘子に手招きをした。

テーブルには、吸い殻が山盛りになった灰皿とビールの空き缶が散乱していた。

「怖いのか？」

ソファから立ち上がり、歩み寄ってきた川口がドア口で佇《たたず》む弘子を背後から抱き締めながら言った。

「うーん、やっぱり、若いコは匂いが違うねぇ」

耳元で囁《ささや》く川口の声に、弘子の全身が粟立った。

「女ってのはな、十代、二十代、三十代で匂いが違うの知ってた?」

「し……知りません……」

耳に吹きかかる吐息。吐き気がした。

「十代は青リンゴ、二十代は桃、三十代はバナナの匂いがするんだな、これが。もちろん、水香ちゃんはグリーンアップフォーの匂いだよ」

川口は言いながら、弘子の耳の裏、うなじ、肩に、鼻を押しつけ気味の悪い呻《うめ》き声を上げた。

全身にヒルが貼りついたような悍《おぞ》ましさに、弘子は気を失いそうになった。

「お味のほうも、グリーンアップフォーかな?」

生温い感触が、うなじを這った。

「いや……」

身を捩《よじ》り逃れようとしたとき、弘子の躰を抱き締めていた川口の腕に力が込められた。

「僕に抱かれて主役級になった女優が、何人もいるんだけどなぁ」

川口の言葉に、麻酔をかけられたように弘子の躰は動かなくなった。

――涙を流すような屈辱も、はらわたが煮えくり返るような怒りも、仮面をつければ誰にも悟られることはない。芸能界で成功する者達は、決して仮面の下の素顔を晒《さら》すことをしないいし、また、晒す必要もない。

ベッドで涙する弘子に、社長の神原がかけた平板な声が脳裏に蘇り、川口に抗《あらが》おうとする力を完全に奪った。

「物分かりがいいコだ。女優として、なかなか見所があるねぇ」

言い終わらないうちに、川口が弘子をベッドへ押し倒した。

酒と煙草の入り交じった不快な臭いが、弘子の鼻腔に忍び込んだ。生温い川口の唇が弘子の唇を貪り、ぬるぬるとした舌が口内を舐め回した。

片方の手はブラウスの胸もとから侵入して乳房を揉みしだき、もう片方の手はスカートをたくし上げ下着の上から陰部の溝を指先でなぞり始めた。

興奮した川口の鼻息が、残飯を漁る豚の鳴き声に聞こえた。

唇を吸いながら、川口が弘子のブラウスの胸もとを強引にはだけさせ、ブラジャーを剝ぎ取った。

川口のナメクジのような舌が、唇、耳、頰、顎、首筋、鎖骨、乳房、乳首を這いずり回った。

「あどけない顔して、乳首がこんなに硬く尖ってるじゃない？ 水香ちゃんは、エッチだねぇ」

鳥肌でそうなっているのを勘違いした川口が、舌なめずりをしつつ下卑た笑いを浮かべた。

川口は乳首を弄《もてあそ》んでいた舌先を、腋の下、脇腹、臍と移動させた。

不快と嫌悪が頂点に達した。

「いや!」

弘子は叫び、川口の躰を押し退けた。

「納得して、ここにきたんじゃないわけ?」

乱れた髪を手櫛で直しながら、川口が冷たい口調で言った。

「でも、やっぱり私……」

「別にいいんだよ。役を貰いたいコなんて掃いて捨てるほどいるんだから、君にこだわる必要もないしね。谷川ちゃんがどうしてもって言うからここにきたんだけど、そんなにいやなら帰れば?」

トップ女優という名の光が、霞み、みえなくなってゆく。

「冷菜は、積極的だったな。やっぱり、頂点に上り詰めようとするコは気概が違うね」

川口が、独り言のように呟いた。

弘子の頭の中を、いくつものスポットライトを浴びて眩《まばゆ》いばかりの微笑みを浮かべる浅見冷菜の姿が支配した。

「別のコを呼ぶから、はやく、出て行ってくれない？」

弘子は身を起こし、自らブラウスとスカートを脱ぐと、ふたたび仰向けになり眼を閉じた。

「水香ちゃんも、トップになる資質があるかもねぇ」

耳孔から侵入した糸を引くような粘っこい声に、細胞の隅々まで汚されるような錯覚に襲われた。

川口の手が弘子の下着にかかった。

生温い感触が大事な部分に触れたときに、弘子は悟った。

白いドレスを纏《まと》ったまま、「夢」を叶えた女優はいないということを……。

［千春］

歩行者用の青信号が、明滅している。

千春は横断歩道を全力で駆け渡った。

待ち合わせ場所の「ラフォーレ」の建物が近づいてくる。

横断歩道を渡り切ったときには、全身が汗に濡れそぼっていた。

「もう、せっかくシャワーを浴びてきたのに」

千春は手鏡を取り出して、鼻に浮いた汗をハンカチで拭うと腕時計に視線を落とした。

約束の午後一時を、二十分回っていた。

「帰っちゃったかなぁ」

千春は、泣き出しそうな顔で待ち合わせで込み合う人波を見渡した。

百八十五センチの洋一は、頭ひとつ飛び出ているのですぐにわかるのだが……どこにも、彼の姿は見当たらなかった。

「あー、せっかく洋ちゃんのお休みの日だったのにぃ」

千春はおもちゃを買ってもらえない幼子のように地団駄を踏んだ。

千春は携帯電話を手にし、洋一の番号を押した。

コール音が一回、二回、三回……。

お願い、洋ちゃん、出て。

『もしもし？』

願いが通じ、四回目で洋一が出た。

「あ、ごめんね、千春だけど……もう、帰っちゃった⁉」

『あたりまえじゃん。なにやってたんだよ？』

洋一の声は、明らかに不機嫌だった。

「寝坊しちゃったの、本当にごめんなさい」

『寝坊⁉　最初の頃は、そんなこと一度もなかったじゃん。俺達、もう、倦怠期じゃないのか？』

「そ、そんなことないよ。昨日、落としそうな単位の科目を明け方までやっていたら、いつの間にか机の上で寝ていて……」

『なに言っても言い訳だな。昔は、たとえ徹夜でも待ち合わせに遅刻なんかしなかっただろう？　とにかく、しばらく会うのをやめようぜ』

「え……やだよ、そんなの」

『じゃあ、切るから』

「あ、洋ちゃん……洋ちゃん！」

千春の呼びかけも虚しく、携帯電話からは冷たい発信音が零れ出していた。

「どうしよう……」

千春は、この世の終わりのような顔で天を仰いだ。

「ほんと、どうすんだよ？」

不意に、背中から声をかけられた。

弾かれたように、千春は背後を振り返った。

「洋ちゃん！」

そこには、怒って帰ったはずの洋一が笑顔で立っていた。

「ちぃーの慌てぶり、かわいかったよ」

「ずっと、いたの⁉」

洋一は、悪戯《いたずら》っぽい顔で頷いた。

「もう、ひどい人」

千春は、頬を膨らませて洋一を睨みつけた。そして同時に、二十分も遅れたにもかかわらず、ずっと待っていてくれた優しさに感謝していた。

「ほら、そんな顔してるとフグになっちゃうぞ」

洋一は言いながら、千春の頬を両手で挟み込んだ。

「あれ、フグからタコになっちゃった」

チュウするときの口になった千春を、からかう洋一。

「あ、言ったな」

「ごめんごめん。それより、飯食おうぜ」

洋一は逞しい腕で千春を抱き寄せると、人込みの中に歩を踏み出した。

☆　☆

スプーンで掬《すく》ったハンバーグカレーを豪快に食べる洋一を、千春はじっとみつめた。

千春は、洋一が食事をしている姿を眺めているのが好きだった。

一年前の夏……ふたりは、大学の食堂で出会った。

友人とふたりで昼食を摂っていた千春のテーブルに、断りもなしに座った洋一は、いまと同じようにカレーをむしゃむしゃと頬張り始めたのだった。

友人は、なにこの人、みたいな顔で洋一をみていた。

食堂は満席だったが、いきなり他人のテーブル……しかも女性の席に座って食事を始めるのは非常識であり、友人の嫌悪感満点の態度は当然の反応と言えた。

逆に、不快感も覚えずに、それどころか、ひたすらカレーを貪る洋一に好感を持った自分のほうが異常なのかもしれなかった。

──あなた、失礼じゃないですか？

堪り兼ねた友人が、洋一に抗議した。

──あ、ごめん。満席だったから。

洋一は悪びれたふうもなく、ペコリと頭を下げた。

口もとに付いているカレーが、愛らしかった。

──それにしても、なにも断りを入れずに私達の席に座るなんて、非常識じゃないですか？

友人は、手厳しかった。

もともと、親の躾《しつけ》が厳しく、若いのに礼儀作法にうるさいコだったのだ。

――美和子、いいじゃない。彼も悪気はなかったんだから。

思わず、千春は洋一を庇った。

――ありがとう。

少年のように無邪気に破顔し、白い歯を覗かせる洋一に、千春の胸はときめいた。

食堂の一件がきっかけで、ふたりの交際は始まったのだった。

「はー、食った食った」

洋一が、つま楊枝をくわえながらお腹を擦った。

「ねえ、話ってなに?」

千春は、アイスティーをストローで吸い上げながら訊ねた。

――明日、俺、仕事休みなんだ。話があるんだけど、会えるか?

唐突にかかってきた洋一からの電話の内容を、千春は思い浮かべていた。

「あ、そうそう……はい」

洋一が、足もとに置いていたバッグから小さな包みを取り出し、千春の前に置いた。

「なに？」

「いいから、開けてみて」

洋一に促され、千春は包装紙を開けた。

中からは、指輪ケースが現れた。中身は、千春の誕生石のルビーのリングだった。

「これ……私に⁉」

「安月給だけど、奮発したよ。しょぼい指輪だけどね」

「誕生日でもなんの記念日でもないのに、どうして？」

千春は、首を傾げた。

「俺の、嫁さんになってくれないか？」

「え……」

唐突な洋一のプロポーズに、千春は二の句が継げなかった。

「なんだよ。俺じゃ嫌か？」

唇を尖らせる洋一に、千春は慌てて首を横に振った。

「ううん……違うの。だって、あんまり突然だから、びっくりしちゃって……」

「びっくりしちゃって……それで？」

洋一が、窺《うかが》うように千春の顔を覗き込む。

驚きよりも、嬉しさのほうが勝っていた。

去年、初めて会ったときから、いつかはこういう日がくるかもしれないと予感していた。

だが、こんなにはやくその日がくるとは思わなかった。

「それでって……」

言葉に詰まったのは、もちろん、洋一を将来の伴侶とすることに不安を感じたわけでも不満だったからでもない。

戸惑い。

そう、あまりに唐突なる申し出に、心の準備ができていなかっただけの話だ。

「おいおい、俺をピエロにしないでくれよ」

洋一は、おどけてはいたが、瞳の奥に動揺の色がみえた。

「ごめんなさい。そういう意味じゃないのよ。本当は凄く嬉しいの。だけど、ほら、あんまり急だったから……」

千春は、想いをうまく説明できない自分にいら立ちを覚えた。

「そうか……そうだよな。俺ってせっかちだからさ。あ、忘れてくれよな」

無理に明るく振る舞う洋一が逆に痛々しく、千春ははやくも後悔した。

「違うの、本当にそんなんじゃないんだってば」

慌てれば慌てるほどに、なにを言っているのかわけがわからなくなった。

「いいって。気にしていないから。それより、単位のほう、取れそうか？」

洋一は傷ついている。

なんとかしなければ……。

焦燥感に、千春は苛《さいな》まれた。

「洋ちゃんの気持ちは凄く……」

「あれ？　ちぃーちゃんじゃないの？」

背後から、いきなり声をかけられた。

振り返った千春は、好奇心に満ちた顔で佇む男性をみて凍てついた。

「あ、やっぱりちぃーちゃんじゃん！」

男は、元カレの哲史だった。

哲史とは、たしかに交際していた時期があった。

しかし、それは中学時代……五年前に一ヵ月ほどつき合っていただけであり、馴々しく話しかけられるような関係ではない。

しかも、当時は、千春ちゃんと呼ばれており、ただの一度もちぃーちゃんと呼ばれた覚えはない。

中学時代に千春をちぃーと愛称で呼んでいたのは、女子の友人だけだった。

「申し訳ありませんが、いま、人と一緒にいますので……」

千春は、洋一の様子を窺いながら、故意に事務的な口調で言った。それは、親しげに愛称で呼ぶ哲史との関係を否定するためのポーズだった。

「この人、いまの彼氏？」

哲史の言葉に、洋一の顔がみるみる強張った。

哲史には、昔からそういういやらしい部分があった。

中学時代にも、交際していることを秘密にしているクラスメイトの前で、わざと名前で呼んだり、必要以上に親しげに振る舞ったりと、そんな過剰な自己アピールをする彼の性格に嫌気がさして別れたのだった。

「君は？」

不愉快な表情で、洋一が訊ねた。

「洋ちゃん、そろそろ、出ましょう」

「あ、僕？　僕はちぃーちゃんの元カレです」

哲史は、この瞬間を待っていたように胸を張って言った。

千春は、哲史を睨みつけた。

信じられないことに、哲史はウインクを投げてきた。

「いま、俺と彼女はデートの最中なんだ。悪いけど、構わないでくれないか」

「デート中？　あ、やっぱり、あんた、ちぃーちゃんの今カレ？」

哲史の発言は、いちいち挑発的だった。

洋一を怒らせようとしているとしか思えなかった。

「君は、本当に失礼な男だな。俺を怒らせないうちに、帰ったほうがいい」

「おぉー怖っ！　じゃあ、俺とちぃーが一昨日セックスした仲だって知ったら、もっと怒っちゃうかな？」

「なっ……」

千春は、絶句した。

もちろん、哲史の言っていることはでたらめだ。

が、そんな根も葉もないでたらめをいかにも真実のように、しかも、五年振りに会った相手が彼氏といるときに口にするという神経が理解できず、言葉が出てこなかったのだ。

「貴様っ、でたらめを言うのもいい加減にしろ！」

洋一が、血相を変えて席を蹴った。

「嘘だと思うなら、本人に訊いてみろよ。一昨日、池袋のラブホに誰かと行った覚えはありませんか？　ってな」

言いながら、哲史が脱兎《だつと》の如《ごと》く逃げ出した。

洋一は、握り締めた拳と血の気を失った唇を震わせ、立ち尽くしていた。

周囲の客の好奇の宿った視線が、千春と洋一に注がれた。

「洋ちゃん……」

「あいつの言っていたことは、本当なのか？」

押し殺した声で訊ねつつ、洋一が椅子に腰を戻した。

「言っていたことって……？」

「一昨日の、池袋の話だよっ」

「そんな……ひどいわ。嘘に決まってるじゃないっ。彼とは、中学時代にちょっとつき合っていただけで、もう、五年も会ってなかったのよ！」

「なら、なんでいきなりあんなことを言うんだ？　一昨日に池袋のラブホテルだとか、やけに具体的じゃないか⁉」

懐疑的な洋一の眼が、千春の心を切り刻んだ。

哲史に事実無根の破廉恥な発言をされたのもショックだったが、そのでたらめを信じて恋人を追及する洋一の言葉はそれ以上に千春を傷つけた。

「知らないわよっ、そんなの！　私よりも、あんな男の言うことを信じるの⁉」

野次馬達の眼を気にするよりも、千春には自分の誤解を解くほうが重要だった。

「そのあんな男と、昔のこととはいえ、つき合っていたのは事実だろう？」

皮肉っぽく、洋一が言った。

いま、目の前にいるのは、千春の知っている洋一ではなかった。

「洋ちゃん、なにが言いたいの？」

「なにも。ただ、君が、俺のプロポーズにふたつ返事をくれなかった理由が、なんとなくわかっただけさ」

「違うわ……それは誤解よ！」

「とにかく、少し考えさせてくれ」

無機質な声で言い残し、指輪ケースと伝票を手にした洋一は、席を立ってレジへ向かった。

「待ってて」

千春は、洋一のあとを追った。

第四章

「どうも、ありがとうございました」

弘子は神原に頭を下げ、事務所をあとにした。

エレベータの前で歩を止め、給料袋を開けた弘子は中に入っていた金額を……千円札が一枚に小銭が数枚をみて、愕然とした。

先月は、営業によって急遽川口プロデューサーが押し込んでくれた二時間ドラマの仕事が二本あり、事務所には約二十万円のギャラが振り込まれているはずだった。

弘子は、事務所と完全歩合の契約を結んでいた。

――ウチでは、固定給と完全歩合の二種類から給料を選べるようになっている。固定給だと毎月十五万円を貰えるが、いくら仕事をこなしてもそれ以上は一円も入らない。完全歩合だと仕事がない場合はゼロだが、たとえばＣＭの契約で三百万のギャラが発生した場合に、タレント側は四十パーセントの取りぶん……つまり、百二十万を手にすることができる。お前が、好きなほうを決めていい。

ドルフィンプロダクションとの所属契約の際に、神原が説明した給与体系の話を弘子は脳裏に思い返した。

今回の二時間ドラマのギャラが二十万円ということは、この給料袋の中には八万円が入ってなければならない。

事務所に入る前にやっていたアルバイトで貯めた貯金もそろそろ底を突く頃で、八万円があったらなんとか凌《しの》げたが、千数百円ではどうしようもない。

明細書のようなものも見当たらず、なにがいくら引かれているのかもわからなかった。

弘子は、事務所の前に引き返し、ドアを開けた。

「ちょっと、お訊ねしたいことがありまして……」

「なんだ？」

窓際のデスクでオーディション雑誌に眼を通していた神原が、怪訝そうに眉をひそめた。

弘子は、作業フロアを奥に進んだ。

三人の社員達は各々、卑猥《ひわい》な女性の画像がディスプレイに映るパソコンに向かってマウスを操作していた。

ドルフィンプロダクションは、キュートレディという違う会社名でＡＶ事務所もやっているのだ。

最初の頃は驚いた弘子だったが、大手のプロダクションでも、別会社にＡＶ女優を所属させているのは珍しくないということを知った。

先行投資が長期間続き利益になるまでに時間がかかる芸能プロダクションと違って、ＡＶ業は短期間で莫大な日銭が入るらしい。

その日銭を、芸能プロダクションに回して歌手や女優のプロモーション費用に充てているのが現実だ。

ただ、零細企業のドルフィンプロダクションとは違い、資金が潤沢な大手は芸能プロダクションとＡＶ事務所をまったく別の場所に構えている。

「話って？」

ドラマのキャストやキャンペーンガールのオーディション記事のページに付箋《ふせん》の貼りつけられた雑誌を置いた神原が、面倒臭そうに弘子を見上げた。

「あの、お給料のことなんですが、どうしてこんなに少ないんでしょうか？　二時間ドラマの二本のギャラで、八万はあると思うんですが……」

弘子は、意を決して切り出した。

そのドラマは二本とも、プロデューサーの川口がキャスティングしたものだった。

荒い息遣い、不快な舌の感触……弘子は、この仕事を取るために川口の「餌」になった。

そう、空腹になったときにつまみ食いできる都合のいい「餌」だ。

「餌」になることを受け入れたのは知名度を上げるため、というのが一番の理由だった。

しかし、アルバイトを禁止されている現状では、お金も重要だった。

「なんだ？　そんなことか。いいか？　宣材写真撮影費が二万円、プロデューサーや脚本家の接待費が五万五千円……お前を売り出すために、金がかかってるんだよ」

「宣材写真はわかりますが、接待費も引かれてしまうんですか？」

弘子は、不満を隠さずに言った。

「あたりまえだろう？　なんのために、あいつらに高い金を払って飲み食いさせてやってると思ってるんだ？　お前の仕事を取るためだろうが？」

神原が、そんなこともわからないのか？　というような呆れ顔で言った。

たしかに、自分を売り出すための接待もあるだろう。が、神原や谷川が、クラブやキャバクラに経費を使って行っていることを弘子は知っている。

これからも、売り出しのための接待、などという曖昧な金額を引かれ続けるならば、稼げば稼ぐほど接待費も大きくなる恐れがあった。

「でも、私の給料から接待費まで引かれるのは、おかしいと思います」

弘子は、きっぱりと言った。

文字通り、躰を張って仕事を取っているのだ。

ここだけは、退くわけにはいかなかった。

「お前、何様のつもりだ？　ＡＶの女達はいくら稼いでいると思ってんだ？　お前は彼女達が裸晒して稼いでいるから、女優でやっていけてるんだろうが？　脇役程度の仕事しかないくせに、思い上がってんじゃないよ。芸能で売り出してやってるだけでもありがたいと思え。不満なら、廃業扱いにしてやろうか？　契約書にある通り、廃業したタレントは二年間、よその事務所への移籍はできないことになっている。二年間も棒に振れば、タレント生命も終わりだ。俺はどっちだっていい。どうするんだ？」

恫喝と侮辱を浴びせかける神原。

悔しいが、廃業の話を持ち出されれば、弘子にはどうすることもできなかった。

芸能界に入って、家族と純潔を捨てた。

必ず、人々を魅了し、憧憬の的になるトップ女優になる。

それを叶えるためなら、なにを失ってもよかった。

たったひとつの「夢」さえ残れば……それでよかった。

「すみませんでした……」

弘子は、唇を嚙み締め、頭を下げた。

「失礼します」

「あ、そうそう」

踵を返しかけた弘子は、歩を止め振り返った。

「川口プロデューサーが、今夜、食事をしたいそうだ。赤坂プライシスホテルのラウンジに八時な。どうやら、一月のクールの連ドラを彼が任されているらしい。二時間ドラマとはわけが違う。時期的には微妙だが、無理矢理でもねじ込んでもらうんだ。チャンスを、棒に振るなよ」

神原が、ふたたびオーディション雑誌に視線を落としながら言った。

食事だけで終わらないだろうことは、容易に想像がついた。

だが、弘子の胸は、嫌悪感や恐怖感よりも一月クールの連続ドラマの仕事を取れるかもしれないという期待感に膨らんでいた。

☆　☆

薄暗い室内にゆらゆらと立ち昇り空気中に消える紫煙に、弘子は親近感を覚えた。

タレントも、あの紫煙のようにいつ消えても不思議ではない。

「主演は間宮彰、ヒロインは福田千恵。ふたりとも、いまをときめく若手俳優だ。しかも、放映は月曜九時。高視聴率を取れる条件が揃っている」

川口が、天井に向かって紫煙を吐き続けながら試すように言った。

「私、出してもらえるんですか？」

弘子は、川口の生白い胸に生えた太くウェーブのかかった毛を指先でいじりながら訊ねた。

脂肪に塗《まみ》れただぶついた肥満体、やけに大きく赤い乳輪、剃刀負けしてざらつき赤味がかった顎……川口のすべてに、吐き気がしていた。

本来なら、一分でも我慢できなかった。

そんな男とそばにいるだけでなく、肉体を交え、情事が終わったあとも寄り添い、躰に触れることができるのは、「夢」のためだった。

マスクとサングラスなしでは外を歩けず、異性と食事をしていただけで写真週刊誌に狙われ、スタジオに入った瞬間にスタッフがピリピリする大女優になることが、弘子の「夢」だった。

「夢」を叶えるために、弘子は汚れる道を選んだ。

泥水の中で芽生え純白の花を咲かせる蓮の花のように……。

「まあ、なんとかしてあげたいところだが、各プロダクションからの売り込みが多くてね」

もったいぶった言い回し……奉仕の要求。わかっていた。

十指で数え切れない新人女優に、同じように言ってきたことも。

「私、そのドラマに出るためなら、なんだってやります」

弘子は、強い意志を宿した眼で川口の横顔をみつめた。

「本当か？」

川口が、視線を天井から弘子に移して訊ねてきた。

間髪《かんはつ》を容《い》れずに、弘子は頷いた。

躊躇する時間が長くなることで、ライバルの女優達の存在が川口の心で大きくなるのを避けたかったのだ。

「なら……」

川口が立ち上がり、全裸でベッドに仁王立ちになった。

口での奉仕を要求される。その考えが甘かったことを、次の瞬間に弘子は思い知らされるのだった。

「俺のすべてを受け入れられるか？」

ふたたび、弘子は顎を引いた。

「なら、小便を飲んでくれないか？」

「え？」

耳を疑い、弘子は訊ね返した。

「聞こえなかったのかい？　俺の小便を飲めと言ったんだよ」

戸惑いと嫌悪感が、弘子の表情を支配した。

たとえ愛する男性に要求されても、弘子は首を横に振ったことだろう。

「なんだ。いやなのかい？　別に、無理にとは言わないよ。代わりに飲んでくれる女性は、いくらでもいるからね。脇役といっても、一話に必ずいくつかの台詞があるし、中途半端に深夜ドラマの主役を貰うよりも知名度が広がるのは間違いないんだけどね」

弘子の脳裏に、ほかのプロダクションのライバル達の顔が駆け巡った。

弘子は、きつく眼を閉じ、口を開いた。

「見上げた女優魂だね。そこまでやられちゃ、キャスティングを考えてあげないと、って思っちゃうな」

時間が止まってほしいと願った。反面、はやく時間が流れることを願った。

足踏みしているぶんだけ、大女優という終着駅に辿り着く時刻が遅くなるのなら、通過駅がどれだけ悪環境であっても弘子は我慢することを選んだ。

生温く、塩からく、それでいて妙な甘みのする液体が口内に流れ込み、ツンとしたアンモニア臭が鼻腔を刺激した。

眼、頬、胸に、飛沫《ひまつ》が散った。

「ゴックン、といってくれ、ゴックン、とな」

川口に言われた通りに、喉を鳴らして「老廃物」を飲み下した弘子だったが、すぐに横隔膜が痙攣《けいれん》して液体が逆流した。

「もったいないじゃないか。水香は悪いコだねぇ」

ベッドシーツに汚物を撒き散らし咳き込む弘子を見下ろし、川口は愉快そうに笑った。

「老廃物」が逆流した際に鼻の器官に入り、鼻粘膜に走った激痛が眉間に広がった。

「悪いコには、お仕置をしないとね」

噎《む》せ苦しむ弘子を四つん這いにさせ、川口が侵入してきた。

突起が穴に入っただけの話……弘子は、近づいては遠のくヘッドボードをみつめながら、ぼんやりとそんなことを考えていた。

☆　☆

エレベータの階数表示のランプが、少ない数字を染めてゆく。

弘子は腕時計に眼をやった。午後十一時半。終電には、まだ十分に時間がある。

明日は、早朝からロケがある。といっても、二時間ドラマの脇役……ヒロイン役の少女の取り巻きのひとりで、「えー、やだー」のセリフしかなく、エキストラに毛が生えたようなものだ。

ヒロイン役の少女の名は有田未海。弘子よりひとつ下の十七歳で、業界最大手のプロダクション、トライハーツプロダクションに所属している。

トライハーツプロは、弘子が憧れている浅見冷菜をはじめとする売れっ子の役者を何人も抱えている。

スケジュールが重なったときなど、どのチャンネルをつけてもトライハーツプロの俳優が主役を務めている、というほどだ。

浅見冷菜はもちろんのこと、岡田聖、中山花梨、小室篤、西崎俊のトップクラスがドラマに出演すると、それぞれ二十パーセント近くの視聴率を弾き出す。

故《ゆえ》に、各テレビ局のプロデューサーはトライハーツプロに頭が上がらず、腫れ物を扱うように接している。

各局には、トライハーツ枠という行政枠があり、主役は当然のこととして、準主役級から五番手あたりまでを自社の役者で占めるか、ほかのプロダクションの役者を使うにしてもキャスティング権はトライハーツプロにあるので、たとえば、ライバルの大手プロの役者は絶対に使わないなど、好き放題だった。

なので、トライハーツ枠で制作されるドラマは、「トライハーツドラマ」と揶揄《やゆ》されるほどの露骨なキャスティングだった。

テレビと映画の一番の違いは、映画が物語ありきで企画が進むのにたいし、テレビの場合は主役を決めてから物語を探す、若《も》しくは制作する、ということだった。

近年、どこの局のドラマも似たり寄ったりの俳優が似たり寄ったりの役を演じているのは、行政枠の弊害以外のなにものでもない。

有田未海は、浅見冷菜のバーターだ。

冷菜の次クールの連続ドラマはお宅の局に出すから、代わりに来月の二時間ドラマのヒロインに未海を……というからくりだ。

つまり、人気商品を卸す代わりに、売り上げいまいちの不人気商品もセットで売ってくれ、という抱き合わせ商法と同じだ。

「事務所の力がなければ、あんなオーラのないコなんて……」

エレベータの扉が開いた。

入れ違いで乗り込んできた童顔な女性は、見覚えのある顔だった。

束の間、スロットマシーンさながらに脳内で巡らせていた複数の顔が止まった。

あの女性は、先月、ドラマの収録で一緒になった新人女優だ。
そのときの彼女は、弘子と五十歩百歩の脇役で、名前も思い出せなかった。
無意識に、弘子は上昇するエレベータの階数表示のランプを追った。
オレンジ色は、弘子が川口につい十分前まで抱かれていた部屋がある十階で停止した。

心が、不快な感情に占領された。
もちろん、嫉妬ではない。川口がどこの誰とつき合おうと、弘子には関係なかった。
だが、川口の眼がほかの女優に向くことは許せない。
嫉妬するどころか、弘子はあの肉欲に塗《まみ》れたプロデューサーのことを憎んでいた。
もしいま交通事故で川口が死んでも、一滴の涙さえ流さないだろう。
これで仕事がもらえなくなる。頭を過《よ》ぎるのは、それだけだった。
「終わったか？」
不意に、背後から声をかけられた。
振り返った弘子の視線の先……ロビーの片隅のソファに谷川が座っていた。
なぜここが？　という疑問は、すぐに氷解した。
このホテルをセッティングしたのは、谷川に違いない。
「はい」

「うまくいったか?」

ソファから立ち上がり歩み寄りながら、谷川が訊ねてきた。

まるで、テストの結果を訊くとでもいうような口調だった。

怒りも驚きもなかった。

芸能という世界に咲く花は、汚れた水を吸うほどに美しくなる。

清らかな水しか吸わない花は、蕾《つぼみ》のまま枯れ果てる。

それが、弘子が花を咲かせようと決めた世界の掟だ。

春がこない冬はないと、人は言う。

だが、芸能界には、春がこない冬がある。

氷結した大地には、志半ばに朽ち果て干涸びた蕾の残骸がそこここに転がっている。

翌年には、肥料になった蕾を養分にした新芽達が春を待つ。

永遠に訪れることのない春を……。

「一月クールの連ドラに、出させて頂くことになりました」

弘子も、テストの結果を報告するような口調で答えた。

「番手は?」

「四番手くらいの役を約束してくださいました」

「よしっ。ヒロインの友人役はゲットだな。偉いぞ」

谷川が、満面の笑みを浮かべて弘子の肩を叩いた。

この男は、その友人の役と引き換えに、自分が川口になにを要求されたのか知っているのだろうか？

一瞬、湧き上がった疑問を弘子はすぐに打ち消した。

なぜ野良猫が残飯を漁るのかと考えるのと同じ、無意味なこと……そうするしか生きる術《すべ》がないから、残飯を漁るのだ。

「行くぞ」

「どこにですか？」

弾む足取りで出口に向かう谷川のあとに続きつつ、弘子は問いかけた。

「六本木のグランドヒルズのラウンジで、共映ファイナンスの社長が待っている。広告のイメージモデルを探しているんだ。とりあえずは紙媒体だけで電波には乗らないが、来月からは深夜枠のＣＭを流すらしい。深夜枠といっても二十三時台で、しかも、視聴率二桁のナイトドラマの提供だ。ここで起用されれば、一気に全国区になるぞ。俺はこのあと用事があるから、社長に挨拶してすぐに消えなきゃならないけどな」

谷川が、なにを言わんとしているのかがすぐにわかった。

葛藤も躊躇もなかった。

そんな感情は、とっくの昔に消えていた。

いや、消えたのではなく、傷つくということに麻痺してしまったのだ。

弘子は、ホテルの正面玄関に横づけされている車の後部座席に乗り込んだ。

運転席に座った谷川の視線を盗み、弘子は携帯用のウエットティッシュを持つ手をそっとパンティの中に忍ばせた。

[智子]

カウンターの中で居眠りするマスター。窓から射し込みテーブルを琥珀色に染める夕陽。無人の店内に優雅なピアノの調べを奏でるＢＧＭ。

「レインコート」には、今日も足踏みしているようなゆったりとした時間が流れていた。

智子は、腕時計に眼をやった。

午後四時五十五分。智子は急にそわそわとし、トイレに駆け込むと鏡の前で髪を梳かし、口紅を引き直した。

智子がトイレから出ると、ほとんど同時に玄関のドアが開いた。

「いらっしゃいませ」

ゆるくウエーブのかかった髪、陽に灼けた褐色の肌、穏やかに下がった目尻……彼をみただけで鼓動が高鳴り、息が苦しくなった。

「ココアをお願いします」

窓際の席に着いた彼の礼儀正しく物静かな態度は、最初に店に現れたときとなにも変わらなかった。


彼が「レインコート」にきたのは、去年の暮れだった。

その日は、朝から大雪が降っていた。

客足も少なく、店を閉めようとしていたときに、ひとりの青年が飛び込んできた。

その青年の肩には、うっすらと雪が積もっていた。

悴《かじか》んだ手に息を吹きかけながらココアを注文する彼の姿が、とても印象的だった。


――いらっしゃいませ。

――ココアをお願いします。

――はい、かしこまりました。


ふたりが交わす言葉は、彼が毎日のように店に通うようになって一ヵ月が経っても同じだった。

名前も知らない。歳も知らない。住まいも、学生なのか社会人なのかも知らない。

ただ、毎日、夕方の五時頃に現れて、ココアを注文する彼しか知らなかった。

窓際のテーブルには、いつもと同じように、ココアを待つ間、開いたノートを静かに眺める彼がいた。

智子はカウンターの中でミルクを温めるマスターと彼に、交互に視線を投げた。

早鐘を打つ鼓動……今日、智子は決意をしていた。

いや、決意というほどでもない。名前を訊くだけだった。

しかし、カフェの店員が客に名前を訊ねるというのは普通はありえないことであり、やはり、決意と呼ぶに値する思い切った行為だ。

「智ちゃん、できたよ」

マスターの声に、智子の心臓が跳ねた。

トレイを持つ手が震え、カップの中のココアが波打った。

「どうした？」

マスターが、智子の手もとをみて怪訝そうに眉をひそめた。

「いえ……なんでもありません」

智子は強張《こわば》った笑顔を残し、彼のテーブルへ向かった。

「お待たせしました」

ココアを置く数秒の間に、智子は話しかけるタイミングを窺った。

「ありがとうございます」

「あの……」

ココアのカップを口もとに運びかけた彼の手が止まった。

「なんでしょう?」

いまだ。いま、切り出さなければ、きっと後悔する。

「お名前を、伺ってもいいですか?」

「え?」

首を傾げ気味にする彼をみて、智子ははやくも後悔した。

それはそうだ。まともに会話をしたこともない店員に、いきなり名前を訊かれるのだから、引いてしまうのも無理はない。

「あ、ごめんなさい。なんでもないです」

心の中で自分に罵詈《ばり》雑言《ぞうごん》を浴びせながら、智子が踵を返しかけたときだった。

「中本……中本郁矢だと思います」

智子は足を止め、振り返った。

「え? 思います……って?」

「これに書いてあるから、そう思って」

彼……郁矢がノートを指差した。

ノートには、免許証をコピーしたものが貼りつけられていた。

〈中本郁矢、出身地神奈川県〉


証明写真に写っているのは、少しふっくらしてはいるが郁矢に間違いなかった。

目顔で訴える智子に答える代わりに、郁矢はページを捲《めく》った。

今度は、一枚の写真。智子とそう変わらない年頃の女性とソファで寄り添う郁矢。

満面に笑みを湛えるふたりをみて、智子の胃袋はチクチクと痛んだ。

きっと、ふたりは恋人同士に違いない。もしかしたら、結婚をしているのかも……。

「中本さんは、ご自分の記憶がないんですか？」

嫉妬心から眼を逸らし、智子は訊ねた。

カウンターの向こう側では、ふたたびマスターが船を漕ぎ始めていた。

「はい。これ、バイクの免許証なんですけど、交通事故にあったらしくて……その事故のことさえ、記憶にないんです」

郁矢が、頼りなげな声で言った。

「一年前までは、記憶があったわけですよね？　ほら」

智子は、女性とのツーショット写真の右下の日付を指差した。

日付は、去年の一月となっていた。

「みたいですね。でも、この女性のことも誰なんだか……」

眉間に苦悶の縦皺を刻む郁矢をみて、同情すると同時に、このまま記憶が戻らなければいいのに、などという恐ろしい考えが智子の脳裏を過ぎった。

「座っても、いいですか？」

マスターはあと、二、三十分は起きない。

「仕事中なのに、大丈夫なんですか？」

「ウチがいつも貸し切りなの、知ってるでしょう？」

智子は冗談めかして言いながら、椅子に腰を下ろした。

幼い頃から人見知りだった智子は、自分の大胆な行動が信じられなかった。

「お知り合いの方から、連絡とかないんですか？」

お知り合いの方、という言いかたをしたが、智子が気になっているのは、郁矢に寄り添っている女性のことだった。

「事故にあってから、家も引っ越したし携帯電話の番号も変えたんで……」

「ご両親のことも、覚えてないんですか？」

郁矢が力なく頷いた。

「お仕事は、いまなにを？」

「物書きをやってます」

「物書きって……作家さん？」

「はい。といっても、売れない作家ですけどね」

郁矢の無邪気な笑顔に、思わず引き込まれそうになる。

「でも、凄いですよ。私、小学生の頃から作文とかが苦手で、長い文章を書ける人って尊敬してるんです」

お世辞ではなかった。

幼少の頃、親に読んでもらった伝記小説のマザー・テレサに嵌《は》まり、以降、恋愛小説、ミステリー小説、時代小説、ホラー小説とジャンルを問わずに読み漁る文学少女になっていた。

「僕の場合、物を書くっていうのは自分探しの意味があるので苦にならないんですよ」

「自分探し？」

「ええ。自然に出てくるふとした主人公の言葉や行動に、もしかしたら、本当の自分に関係していることがあるんじゃないかって……。そう考えたら、書くことが愉しくて仕方がないんです」

郁矢の前向きな姿勢に、涙腺と胸が熱を持った。

「記憶を失う前の自分に、戻りたいですか？」

「もちろん、戻りたいですよ。ただ、不安もあります。もしかしたら、凄く傲慢でいやな人間だったんじゃないかとか、たくさんの人を傷つけていたんじゃないかとか、いろんなことを考えちゃうとなんだか怖くて、いまのままでもいいかなって思ったりもするんですよね」

私が、あなたの新しい人生のパートナーになります。

智子は、喉もとまで込み上げた言葉を呑みくだした。

「ウチのカフェには、どうしていらっしゃったんですか?」

想いを告げる代わりに、智子はずっと気になっていたことを訊ねた。

「あの日は、出版社で打ち合わせがあった帰りに、急に大雪になったんですよね。そしたら、『レインコート』って、看板が眼に入ったんです。素敵な名前だな、と思って」

「この名前は、雨宿りをしてもらえるような店にしたいと願ってマスターがつけたんです」

「へぇ、素敵なエピソードですね。あの、僕もあなたのお名前を伺ってもよろしいですか?」

郁矢からの質問に、心が弾んだ。

この一ヵ月で、彼が自分のことについて訊ねてきてくれたのは初めてだった。

「あ、ごめんなさい。私の名前は……」

来店客を告げるドアチャイムに、智子はため息を吐いた。

よりによって、一番大事なときに……。

「ちょっと、失礼します」

郁矢に言うと、智子は席を立った。

「いらっしゃいま……」

郁矢の席に歩み寄ってくる女性客をみて、智子は言葉を失った。

「郁矢、郁矢でしょう⁉」

郁矢が振り返り、不思議そうな顔で女性客をまじまじとみつめた。

「やっぱり、郁矢だったのね……どうして、私になにも言わないで消えてしまったのよ！」

写真に写っていた女性の悲痛な叫びが、智子の心を切り刻んだ。

第五章

「おはようございます！　おはようございます！　おはようございます！」

通り過ぎるスタッフらしき人物達に、弘子は頭を下げ続けた。

中には、スタッフではない人物もいるのかもしれない。

――局入りしたら、相手が誰であってもとにかく頭を下げて挨拶しろ。

芸能人になってすぐに、谷川から口を酸《す》っぱくして言われ続けていることを、弘子は忠実に守っていた。

――お前程度のビジュアルの女は、この芸能界にはごまんといる。その中で生き抜いていくには、一にも二にも周囲に好印象を与えることだ。

谷川が言うように、芸能界に入る前は月に一度みかけるかどうかの美少女が、いまは毎日のように弘子の周りにいる、ということが驚きだった。

「福田千恵《ふくだちえ》のとこに挨拶に行くぞ」

福田千恵は、川口の計らいで弘子の出演が決まった連続ドラマ、『女だらけの夏』の主役を張る売れっ子女優だった。

弘子の役どころは、千恵演じる花沢瑞穂の妹役だった。

一話一話の出番自体はそんなに多くはないが、それでも、月9のゴールデン枠でのレギュラー出演は弘子にとって全国区の女優になる大きなチャンスだった。

福田千恵様、と書かれた紙の貼られたドアを、谷川がノックした。

一日もはやく、千恵のように専用の楽屋を与えられる女優になりたかった。

遠慮がちに開いたドアに首を突っ込んでいた谷川が振り返り、小さく頷いた。

「失礼します」

挨拶しながら室内に踏み入る谷川に、弘子は続いた。

「おはようございます！　今日からお仕事をご一緒させて頂く、鳥居水香と申します。よろしくお願いします！」

鏡に向かいヘアメイクを受けていた千恵に、弘子は潑剌《はつらつ》と挨拶をした。

「うるっさいわね。二日酔いなんだから、大声を出さないでくれる？」

鏡越しに、千恵が不機嫌そうな顔で睨みつけてきた。

「あ……すみませんでした。失礼します」

「役の上でも、いやなのよねぇ。風俗嬢みたいな女と姉妹だなんて」

弘子が踵を返したときに、千恵の声が背中を追ってきた。

「どういう、意味ですか？」

足を止め振り返った弘子は、強張った声で訊ねた。

「枕でもしなきゃ、あんたみたいなぽっと出の女優が月9の枠にキャスティングされるはずがないってことよ」

印象的な分厚い唇の端を意地悪く吊り上げる千恵。

前に踏み出しかけた弘子を、谷川が押し止《とど》めた。

「どうも、お騒がせしました」

谷川は、媚《こ》びた笑いを浮かべ頭を下げつつ、弘子を強引に楽屋の外に促した。

「馬鹿野郎！　いったい、どういうつもりだ！」

楽屋を出てすぐに、谷川が怒声を浴びせてきた。

「でも……」

「でもじゃない！　福田千恵はトライハーツの所属だぞ⁉　印象悪くして降ろされたらどうするんだっ」

谷川が、激怒するのも無理はない。

月曜九時のドラマは、業界屈指のトライハーツプロダクションの行政枠なのだ。

「いいか？　この世界はな、売れなきゃそのへんの雑草と同じだ。誰も存在に気づかないし、気づいても立ち止まりもしない。薔薇になりたかったら、踏《ふ》み躙《にじ》られても踏み躙られても、耐えて、耐えて、耐え抜いて、チャンスを摑みとるしかない。いまの屈辱を忘れずに、福田千恵を見返してやれ」

人間的には大嫌いだったが、谷川の言っていることは納得できた。

たしかに、いまの立場でなにを叫んでも負け犬の遠吠えだ。

谷川の言うとおり、あの女が媚《こ》び諂《へつら》うくらいの、大物になればいいだけの話だ。

「すみませんでした……頑張ります」

「わかればいい。さあ、楽屋に行くぞ」

弘子に用意された楽屋のドアに貼られた紙には、複数の女優の名が書かれていた。

「俺は、メグの現場に行く。終わったら、ひとりで帰れ」

谷川は言い残し、携帯電話でどこかに連絡を入れながら立ち去った。

胃袋の中に、不快感が広がった。

メグは先月事務所に入った新人で、神原が自ら渋谷でスカウトしてきた十六歳の女子高生だ。

容姿で負けているとは思わないが、五歳の頃から劇団に所属していたらしく演技力が抜群だった。

もう既に、スペシャルドラマの出演も決定しており、事務所が力を入れていることはなんとなくわかった。

なにより弘子が許せないのは、メグには枕営業をやらせている気配がないことだった。

メグは自分と違い、若くて演技がうまいということで売り込みやすいのかもしれない。

しかし、弘子は役を取るために、プロデューサーの排泄物を飲んだりもした。汚れを知らない苦労知らずの女には、絶対に負けられない。

なんとしてでも、このドラマで存在感を示し、チャンスを摑むしかなかった。

「失礼します！」

勢いよく、楽屋のドアを開けた。

「おはようございます！　今日からお世話になる、鳥居水香と申します！」

雑誌を捲ったり台本を読んだりと、それぞれの時間を過ごしていた五人の若手女優の敵愾心《てきがいしん》に満ちた視線が一斉に水香に注がれた。

千恵から、「枕営業」の話が伝わっているに違いない。

「よろしくお願いします！」

弘子は怯《ひる》まず、大声で言うと頭を下げた。

潮が引くようにそっぽを向く五人をみて、ここにいる全員が敵だと再認識した。

弘子は、ひとつだけ空いていたドレッサーの椅子にいやがらせのように置かれている雑誌を床に放り投げ、腰を下ろした。

近い将来、ここにいる全員が挨拶にくるような存在になることを誓い、弘子は鏡の中の未来の大女優に向かって微笑みかけた。

第六章

「お姉ちゃん、哲也って男の人との結婚、もう少し考えたほうがいいと思うな」

「どうしてよ？　あ、もしかして、あんた、哲ちゃんのこと好きなんじゃないの？」

「や、やーね。やめてよ。あんな色黒で無精髭生《ぶしようひげは》やした男なんて、ぜぇーんぜん、タイプじゃありませんからね」

「ちょっと、失礼ね。哲ちゃんは、私の婚約者なのよ？」

「とにかく、やめたほうがいいって。お姉ちゃんなら、焦らなくてももっといい人が現れるかもしれないしさ」

「あんたさ、やっぱり、哲ちゃんのこと好きなんでしょう？」

「違うって！　いい加減にしないと、本当に……」

弘子は、台詞の続きを呑み込み、踵を返しセットから出て行く福田千恵の背中を呆然と見送った。

「千恵ちゃん、どうしたの⁉」

監督の水石が、蒼白な顔で千恵の背中を追った。助監督、ディレクター、ADの三人も、カルガモの子供のように千恵のあとに続いた。

「千恵ちゃん、わけを言ってよ。主役がいないと、撮影が進まない……」

「演技もろくすっぽできないド素人の女なんかと、やってらんないわよ！」

千恵が弘子を指差し、ヒステリックな金切り声を上げた。

「水香ちゃーん、頼むよ。主役と絡んでるんだからさ、もうちょっとピリッとした演技をしてくんないとさ」

監督が、一方的に弘子に苦言を呈した。

「ひとりが滞ると、全体の流れが止まっちゃうんだからさ」

ディレクターが、ため息交じりに言った。

「千恵ちゃん、今度はきちんとやらせるから、定位置に戻ってくれるかな？」

監督が、猫撫で声で千恵を宥《なだ》めた。

「いやよっ。この女が相手だったら、私、帰るわ」

いやがらせ。千恵の考えは読めていた。

川口の口利きで入った弘子を快く思っていなかった千恵は、ことあるごとに弘子の演技に難癖をつけてきた。

「気持ちはわかるけど代わりのコがいないから、いまからじゃ無理なんだよ。このドラマは千恵ちゃんで持ってるようなもんだから、なんとか頼むよぉ」

千恵のご機嫌取りに懸命な監督の言動に、弘子なりのささやかなプライドが傷つけられた。

監督の言葉の裏を返せば、代わりの女優がいたらいつでも御役御免ということになる。

「とにかく、いまは気分が乗らなくなったわ。ちょっと、休憩するから」

一方的に言い残し、千恵はそそくさとセットから消えた。

「あーあ。誰かのせいで、また撮影が押しちゃうな」

「演技の基礎もできてないコが入ると、こうなっちゃうんだよねー」

千恵の姉役のふたり……奥村志穂と戸田洋子が、弘子に聞こえよがしに皮肉を言った。

「はいはい、じゃあ、十五分間休憩に入りまーす」

台本をメガホン代わりに丸めた助監督の声に、志穂と洋子がわざとらしく大きなため息を吐き、控え室に戻った。

「おい、福田千恵のところに謝りに行くぞ」

セットに現れた谷川が、弘子に手招きした。

「私、行きたくありません」

「お前、なに言ってるんだよ？」

「毎日毎日、千恵さんはいやがらせをしているだけなんです。セリフも嚙まなかったし、演技もきちんとできたし。謝りたいなら、谷川さんひとりで行ってください」

毅然《きぜん》とした態度で言う弘子に、谷川が驚いた表情をみせた。

いままで、谷川の言うことにたいし、拒絶はもちろん反発さえしたことがなかったので、それも無理はなかった。

「勝手にしろ」

谷川は吐き捨てるように言うと、踵を返した。

セットから出ようとした弘子は、プロデューサーと立ち話をする長髪の男を認め足を止めた。

花島正志《はなしまただし》。いま、弘子が撮影に挑んでいる『女だらけの夏』の原作者だ。

噂では、撮影中に顔見せにくるかもしれないと聞いていたが、結局、昨年は一度も現れなかったので、まさか会えるとは思わなかった。

「それじゃ、撮影始まったら、教えてくれる？」

花島はプロデューサーに言い残し、スタジオを出た。向かう先は、喫煙室のようだった。

弘子もあとに続いた。もちろん、煙草を吸うのが目的ではない。

た。

「あの、花島正志さんですよね？」

弘子は喫煙室に入ると、ベンチに座り濃厚な紫煙をくゆらせている花島に声をかけた。

「ああ。君は、出演者さん？」

気障《きざ》な仕草で前髪を掻き上げながら、花島が訊ねてきた。

「はい。花沢カナ役の鳥居水香と申します。私、花島先生の大ファンなんです。『月で泳ごう』『ライオンの憂鬱』『黒の純情』……どれもこれも、花島先生の作品は、登場人物の心理描写が凄くて、私にもあるある！　って、凄く感情移入できるんです。中でも、『黒の純情』の千都が、死んだ彼氏のあとを追うようにビルから身を投げるシーンでは、涙で活字が読めないほどでした」

「へぇー、僕の作品をそんなに読んでくれてるなんて光栄だな」

花島が、嬉しそうに口もとを綻《ほころ》ばせた。

今日のために、弘子は睡眠時間を削って花島の小説を読んだ。

苦痛だった。花島の小説は、盛り上がりもなにもなく、作者の自己陶酔としか思えない臭いセリフのオンパレードであり、感情移入どころか主人公のナルシストぶりには嫌悪感しか残らなかった。

出演するドラマの原作者の小説でなければ、たとえ一ページでももたなかっただろう。

「あの、どうしたら、あんなにいろんなストーリーを書けるんですか？」

弘子は、瞳を輝かせ、興味津々といった表情を作ってみせた。

本当は、まったく、興味がなかった。もともと、幼い頃から弘子はテレビっ子で、小説など小学生の頃から一度も読んだことがなかったのだ。

「ベッドに入った時とか、食事をしているときとか、不意に、頭に浮かぶんだよね」

「凄い！　私、小学生の頃から作文とか苦手だったんで、文才のある人って尊敬しちゃいます」

弘子は、胸前で掌を重ね合わせ、うっとりとした瞳で花島をみつめた。

作文が苦手だったのは事実だが、作家を尊敬しているというのは真っ赤な嘘だ。

尊敬どころか、以前観たテレビで、葉巻をくゆらせながら小難しい講釈ばかり垂れていた作家に、嫌悪感さえ抱いた。

「いやいや、文才なんて、そんな大それたもんじゃないよ。人より、少しだけロマンティストなだけさ」

花島が、遠い眼差しをしながら言った。

こういう自己陶酔的な言動が苦手なのだ。

「素敵です」

心とは裏腹な言葉が口を吐く。

罪悪感はなかった。

泥水のような川を泳いでいれば、自身も汚れてしまうのはしようのないことだった。

「ありがとう。ところで、撮影のほうはどうだい？」

「はい。緊張の連続です。でも……」

「でも？」

「あ、いえ……いいんです」

弘子は、明るく破顔した。

「なんだい？　そこまで言っておいて、気になるじゃないか」

身を乗り出す花島に、弘子は心でほくそ笑んだ。

「本当に、大丈夫です。もし、先生に嫌われたら……と思うと怖くて」

言わなければ言わないほど、知りたくなるのが人の心理だ。

「嫌いになんかならないから、安心して言ってごらん」

花島は執拗だった。が、その執拗さがいまの弘子には好都合だった。

「じゃあ、言いますけど……もっともっと、台詞が欲しいなぁ、なんて。あ、ごめんなさい。私、図々しいですよね。こんなにいい役貰っているのに……」

弘子は、顔を強張らせ、慌ててみせた。

「謝る必要なんかないさ。それだけ、向上心があるってことだからね。君は、どういう女優さんになりたいの?」

「みなに夢を与えることのできる、華のある存在になりたいです。私の母は、昔、劇団員だったらしいんです。ドラマの主役が決まったその日の帰りに交通事故にあって……。それで、泣く泣く主役をほかの女優さんに譲ることになり、そのまま役者への道を諦めたんです……」

声を震わせ、弘子は唇を噛んだ。

「お母さんのぶんまで、立派な女優になりたいってことか。水香ちゃんは偉いね」

花島が、弘子をみつめた。

「母は、私にとって、最高の女優です」

花島の瞳が、みるみる潤んでいくのがわかった。

「鳥居さん、そろそろお願いします」

ADが、水香の出番を告げにきた。

「水香ちゃん、これ、僕の連絡先だから」

名刺を差し出す花島。

「撮影が終わったら、飯でも食おうよ。もっと、君という女性を知りたいんだ」

気障なセリフを口にしているが、目的は川口と同じ……狙いは、鳥居水香の肉体だ。

「はい。連絡させて頂きます」

弘子は頭を下げ、喫煙室を出た。

「今度は、原作者のご機嫌取り？　はしたない女ね」

スタンバイしていた千恵が、憎悪に燃え立つ眼で弘子を睨みつけ吐き捨てるように言った。

弘子は、千恵に会釈をし、自分の持ち場についた。

はしたない女でもいい。浅ましい女でもいい。

近い将来、必ずあなたより先にクレジットが出る女優になってみせる。

「よろしくお願いします」

弘子は、心とは裏腹の笑顔で、スタッフに頭を下げた。

☆　　☆

花島が眼を閉じ、歯を食いしばった。

弘子は、８の字にグラインドさせていた腰を、激しく前後に動かした。

腰の動きに比例するように、花島の呻き声が大きくなった。

弘子は花島の胸に手を置き、よりいっそう、腰の動きをはやめた。

高校生の頃につき合っていた恋人がいわゆるまぐろ男だったので、その当時にずいぶんと鍛えられ、騎乗位には自信があった。

これまで交際した男達は、弘子が上になるとみな、五分と持たなかった。

花島も例外ではなく、躰を小刻みに震わせ、弘子の中で果てた。

もちろん、コンドームを装着してもらっていた。

肉体を許すことと、人生を許すことは違う。

妊娠などしてしまったら、弘子の女優生命は終わってしまう。

「夜は……違う顔を持ってるんだね。驚いた……よ」

息を切らせた花島が、喘ぐように言った。

「こんなふうになったの……初めてなんです」

弘子ははにかんだように顔を赤らめ、上下する花島の胸に身を重ねた。

「どうして、僕と？」

「私……以前から花島さんのファンだったんです」

役を貰うため。花島に抱かれるのに、それ以外の理由などあるわけがなかった。

「そうか。自分で言うのもなんだけど、僕の作品は若い女性のハートを鷲摑みにすることで有名なんだ」

花島が、悦に入った表情で言うと煙草をくわえた。

自分でここまで言えるとは、かなりのナルシストぶりだ。

「その気持ち、わかります。花島先生の作品って、読んでてもまったく違和感がないんです。ほかの人の小説って、嘘っぽいとか思っちゃうんですけど、先生のは、あるある、こんな気持ち、みたいな……女心をとてもよくわかってらっしゃる方だとびっくりしました」

独《ひと》り善《よ》がりの自己満足小説。花島の小説を読んで受けた印象だった。

言葉遣い、行動、物語の展開……すべてがリアリティに欠け、作者のご都合主義に書かれており、あるある、ではなく、ないない、と何度も突っ込みを入れたくなる小説だった。

「僕がどうして君達の世代から支持を受けるかと言えば……」

いかに自分が若い感覚を持っているかについて、延々と語る花島。

弘子は、瞳を輝かせ、花島の話に相槌を打った。

苦にはならなかった。トップの女優になるためなら、何時間でも花島の自慢話を聞き続けるつもりだった。

「話は変わるけど、僕の『十七歳の死』という作品があって、今年の暮れに全国ロードショーが決定してるんだ。主役は水島亮君と小山綾ちゃん」

「えっ、凄い！」

今度の驚きは、演技ではなかった。

水島亮も小山綾も、若い世代に圧倒的な人気を誇る売れっ子の役者だった。

「四月にクランクインなんだけど、綾ちゃんの恋敵の役の女のコが交通事故にあってね。全治二ヵ月と診断されて、いま、入院してるんだよ」

花島の眉間に、深い縦皺が刻まれた。

「三月まで入院ですよね？　撮影のほう、間に合うんですか？」

ひどい怪我であってほしい。治療が長引いてほしい。

弘子の心は、邪悪な祈りに支配された。

「足の骨折は撮影までに完治するけど、顔を怪我していて傷痕が残るんだ。ちょっと、カメラの前に立つのは難しい状況でね」

「かわいそう……」

顔を曇らせた弘子だったが、心は弾んでいた。

いやな女になったとは思わない。

周囲には、隙あらばチャンスを奪い取ってやろうと虎視眈々《こしたんたん》と身構えているライバル達が蠢《うごめ》き、躓《つまず》いた瞬間に全力で引きずり下ろしにかかる……それが、芸能界だ。

同情は、この世界ではなんの役にも立たないどころか害悪でしかない。

芸能界の第一線で活躍する者達は、そのほとんどが、「人の不幸を喜べる」人間ばかりだ。

「まあ、かわいそうだけど仕方ないね。だけど、水香ちゃんにとってはチャンスでもあるんだよ」

「え？」

花島がなにを言おうとしているのかわかっていながら、弘子は首を傾げてみせた。

「実は、その代役を決めるオーディションを急遽、再来週開催するんだけど、僕はヒロインの敵役に、水香ちゃんを、と考えているんだ」

「私が⁉」

弘子は、素頓狂《すっとんきょう》な声を上げた。

「うん。僕が監督に推薦してあげるから、オーディションを受けてみないかい？」

「そんな、私なんかに、もったいなさ過ぎる話です」

弘子は身を起こし、顔前で大きく手を振った。

「なに事も経験だよ、経験。『十七歳の死』でいい芝居をしてくれたら、次に映像化される予定の作品で主役に抜擢してもいいと思っている。僕が、君を一流の女優にしてあげるよ」

花島は、弘子の乳首を指先で弄びながら言った。

「私が、主役……」

主役、という響きに、弘子は恍惚とした。

「ああ。だが、万人を感動させる女優になるには、まず、僕ひとりを満足させられるようにならないとね」

破廉恥な欲望を正当化した花島が、弘子の頭を押した。

弘子は、躊躇うことなく、怒張《どちょう》した「花島」を口に含んだ。

［康子］

康子は、バナナの皮を剝いた。中身を捨て、皮だけを食べた。

虚《うつ》ろな視線は、窓の外に向けられている。

赤い風船が飛んでいた。

やっぱり、と康子は思った。

みかけによらず、赤やピンクが好きな人だった。

リンゴを手に取り、床に思い切り叩きつけた。

オニヤンマが物凄いスピードで宙を旋回した。

蜂や蠅には絶対にできない芸当だった。

わかってる。わかってるって。ちゃんと、みてるから。昔から運動神経がよかったものね。

康子は薄く微笑みながら、床で砕けたリンゴを拾い上げ、口に放り込んだ。

どこからか、風に乗った鐘の音が聞こえてきた。

もう、ロマンティックな人ね。

花瓶から抜いた白いバラの花にかぶりつき、花びらを咀嚼《そしやく》した。

赤いバラとは、味が違うのだろうか？

あ、違うの。別に、そういうつもりじゃなかったのよ。赤いバラに興味があったわけじゃなく、別の色のバラは味まで違うのかな？　と思っただけ。食べたいとは思わなかったわ。だって、私が好きなのは白いバラだけだもの。信じてくれる？

でも、もう、二度とほかのバラのことを考えたりしないわ。

私が、言ったんだよね？　擦れ違う女のコに視線を奪われるのも立派な浮気だって

……。

白いバラを、茎ごと口に押し込んだ。粘膜が棘に裂かれ、口内に激痛が走った。

構わず、白いバラを咀嚼し続けた。鮮血が、唇の端から滴《したた》り落ちた。

愛を証明できるなら、このくらいの痛みは、どうということはなかった。

あなたを、愛しているの。赤でも黄色でもなく、白い花びらを持つあなたのことしか、眼に入らないわ。

でも、あなたはどうなの？

蜜に吸い寄せられるモンシロチョウを、生涯、愛し続けることができる？

私がクマンバチみたいにおデブになっても、アブのように醜くなっても、ほかのチョウに目移りしないって、約束できる？

義務じゃなく、心の底から、自分の意志で、私だけをみつめることができる？

もし、ほかのチョウに瞳を奪われたりしたら、許さないから。

毒を混ぜた水を吸わせましょうか？　それとも、植木鋏で花びらをちょんぎってあげましょうか？

本当は、私はとても怖がりなの。だから、そういうことをさせないでね。

簡単なことよ。ほかのチョウが飛んできたら、羽を毟《むし》ってあげたらいいわ。

そしたら、もう、あなたのもとへ現れることができなくなるでしょう？

それから、口吻をちぎってあげるのはどうかしら？

そしたら、もう、あなたにキスをしたくてもできなくなるでしょう？

私を、怖い女だと思う？　あなたが目移りしなければ、私ほど優しい女はいないと思うわ。

ただ、私は人より純粋で正直なだけ。ほら、子供って、欲望に忠実じゃない？

アイスクリームが目の前にあったら食べるし、おもちゃがあったら遊ぶでしょう？

それと同じよ。腹が立つから、殺すだけ。大人は、心で殺したいと思っていても、理性で我慢するだけ。自分の気持ちを、欺《あざむ》いているのよ。

私は嘘が吐けないし、吐きたいとも思わない。

だから、あなたも、嘘だけは吐かないで。私を、裏切らないで。

もう一本、白いバラを抜いて、花びらからかぶりついた。

口内に、鉄の味が広がった。

赤い風船が、どんどん遠ざかってゆく……。


待って、どこへ行くの⁉

康子は、フォークで太腿を突き刺した。

オニヤンマが、猛スピードで空の彼方に飛んでゆく……。

いやっ、ひとりにしないで!


康子は、傷口を何度もフォークで抉《えぐ》った。

鐘の音が、聞こえなくなった。


ねえ、どこにいるの⁉　戻ってきて!　ねえっ、お願い!

視界が、赤く染まった。

壊れた操り人形のように、何度も、何度も、フォークを持つ右腕を太腿に振り下ろした。


痛みは、まったく感じなかった。いや、感じているのかもしれない。

ただ、魂を切り裂かれたときの痛みに比べれば、擦《かす》り傷程度のものだった。

唐突に窓の外が漆黒の闇に覆われ、なにもみえなくなった。

康子は、眼を閉じた。

眼を開けているときと変わらぬ闇が、広がるだけだった。

第七章

川崎の赤山スタジオのロビーは、『十七歳の死』のオーディションを受けにきた各プロダクションのタレントとマネージャーで溢れ返っていた。

「おい、本当に花島先生に話はついてるんだろうな?」

オーディション用に配られた脚本のコピーを手に一心不乱に台詞読みの練習をするタレント達をみた谷川が、水香の耳もとで不安そうに囁いた。

――ヒロインの敵役に、水香ちゃんを、と考えているんだ。

ベッドの上で花島が口にしたのは、四月にクランクインする『十七歳の死』の主要キャストを弘子に与えるというものだった。

『十七歳の死』は、水島亮と小山綾という二大トップアイドルの共演で話題の映画で、制作発表の会場には三百人を超えるマスコミが押しかけた。

花島が約束してくれた役は、小山綾演じる万里をイジメる千鶴子という悪役だった。

――悪役と言っても、小山綾と絡むシーンが多いし、物凄いチャンスだよ。

花島の言うように、千鶴子役は女性キャストの中では二番手の扱いで、新人タレントにとっては一躍有名になる千載一遇のチャンスだ。

――だから、各プロダクションからの売り込みが凄くてね。中には、プロデューサーや監督と古くから懇意にしているプロダクションもあって、形式的にはオーディションを開かなければならないんだ。でも、安心していいよ。僕が猛プッシュすれば大丈夫。原作者の発言力が一番強いんだから。

微笑みながら力強く頷き、花島は弘子に二度目を求めてきたのだった。

「大丈夫ですよ。これは、あくまでも形だけですから」

弘子は、谷川に、というよりも自分に言い聞かせるように囁き返した。

「しかしなぁ……」

それでもなお、周囲に首を巡らせた谷川の顔は不安げだった。

無理もない。ざっと見渡しただけで、五十人はいるだろうか？　各プロダクションが力を入れているだけあり、どの女のコも洗練された容姿を持ち、それぞれに華があった。

弘子自身、気を抜けば、本当に自分が選ばれるのだろうか？　という不安に駆られた。

「大丈夫ですって。それより、はやくプリントを頂けますか？」

「あ、ああ……そうだったな」

谷川が、フロアの中央でプリントの束を持ち佇む関係者らしき男性のもとに走った。

「あなたのせいで、誠也君は事故にあったのよ!?　ほんと、疫病神みたいな女っ」

「あなたなんて、生まれてこなければよかったのよ」

「万里。これ以上、誠也君にかかわらないでくれる!?　口には出さないけど、彼も迷惑がっているんだから！」

方々《ほうぼう》から、脚本の台詞を練習する声が聞こえてきた。

容姿だけでなく、みな、それなりに演技の裏付けがあることがわかった。

五十分の一……これが本当のオーディションなら、勝ち抜くのは至難の業《わざ》だ。

しかし、恐れる必要はない。自分には、このオーディションで一番の影響力を持つ原作者がついているのだ。

「ほら、持ってきたぞ」

谷川から受け取ったプリントに視線を落とした弘子は、フロアの隅に移動し、貪るように「千鶴子」の台詞を口内で繰り返した。

出来レースとはいえ、プロの女優として無様な姿をみせるわけにはいかない。

「お前、何回つき合った？」

不意に、谷川が訊ねてくる。

彼が、なにを指して言っているのかは、すぐにわかった。

「五回です」

努めて、冷静を装って弘子は言った。

――千鶴子の役柄について、レクチャーしておきたいことがあってね。いまから、出てこられるかな？

この二週間の間で、弘子は花島から五回呼び出された。

花島から呼び出されるときの理由は、だいたい、いつも決まって同じようなものだった。

ようするに演技指導というものなのだが、じっさいは、千鶴子の役についての話は十分足らずで、あとは、弘子の肉体を貪り続けるだけだった。

弘子は、花島の欲望の餌食になっている間中、カメラのフラッシュを浴びて記者会見を受ける「将来の己の姿」を思い浮かべていた。

「五回か……ちゃんと、奉仕したんだろうな？」

「じゃなければ、そんなに呼んでくれないと思います」

弘子は、プリントから眼を離さずに言った。

いまに始まったことではないが、デリカシーのかけらもない男だ。

「なるほど。そりゃそうだ」

うんうんと頷き、納得する谷川。

これ以上、話しかけられないように、弘子は声に出して千鶴子の台詞を読み上げた。

☆　☆

「はい、次のグループ、中へ入ってください」

男性スタッフが、弘子の列を促しながらドアを開けた。

四人ひと組がグループになり、オーディションは行われていた。

因みに、弘子のグループは最後の列だった。

二十坪ほどの会議室のような空間に置かれた長テーブルに、五人の男性が座っていた。

助監督、プロデューサー、原作者、監督、脚本家……弘子は、左端の男性から順に素早く「立場」を確認した。

花島が中央の席に座っていることに安堵した。

「まずは、自己紹介のあとに、手もとの台本に書かれている千鶴子の台詞を読んでもらいます。万里の役は私がやります。ここでは演技の必要はありませんが、感情を込めて読んでください。では、47番の方からどうぞ」

プロデューサーの並河《なみかわ》が、列の一番右端の女性を指差した。

弘子は最後から二番目……49番だった。

「江口アキ、十七歳です。特技は、フットサルです。いまのチームでは、フォワードをしてます。映画女優は小さい頃からの夢でした。精一杯頑張りますので、よろしくお願いします！」

元気溌剌《はつらつ》としたアキは、特別な美人ではないが、白い歯が印象的な愛くるしい顔立ちをした少女だった。

アキの台詞読みが始まった。よく通る声に抑揚のついたイントネーション……かなり本格的に演技の勉強をしていることが窺えた。

ふたり目の西原聖は十九歳で、アキとは対照的にスレンダーなモデルタイプの美女だった。

　折れそうに長い手足と透けるような白い肌は、みているだけで嫉妬に駆られてしまうほどだ。

　台詞読みのほうも、澱みなく、感情移入も文句なく、アキと同じように基礎がしっかりとしていた。

「次、49番の方、どうぞ」

「はい！」

　弘子は溌剌とした返事をし、一歩前へ踏み出した。

「鳥居水香、十八歳です。特技は、演技です。芝居にたいする情熱、本気度は誰にも負けません。誰よりも、千鶴子になりきってみせます」

　弘子は、周囲の雰囲気に呑まれないように、挑戦的な眼差しで選考委員を見渡した。

　裏で話がついているとはいえ、ほかのタレントに引けを取りたくはなかった。

「特技が演技とは、また、大胆なことを言うね。スポーツとかピアノとか、ほかに誇れることはないのかな？」

　監督の平が、腕組みをし皮肉っぽい口調で言った。

「小中は水泳をして、高校では陸上をやってました。ピアノは、三歳の頃から十五年やってます。私は女優です。水泳よりも陸上よりもピアノよりも、演技に一番の自信があります」

花島以外の選考員が、口々にざわめいた。

弘子は、そのざわめきを心地好いと感じた。

「演技の経験は？」

今度は、プロデューサーの並河の質問だった。

「十四歳から三年間、劇団すみれに所属していました」

「水香さんは、将来、どんな女優になりたいですか？」

助監督の神谷が、興味津々の表情で身を乗り出した。

「いじめられる役といじめる役……正反対の役柄をこなせるような幅広い女優を目指しています」

神谷が、満足げにうんうんと頷いた。

「いじめる役を最初にやると、イメージが固まってしまう恐れがありますが、その辺はどう考えてるの？」

花島が、初めて会ったような素振りで質問してきた。

「まずは、鳥居水香という名前を覚えてもらうことが先決です。意地悪な女性役だったとしても、出番が多いのであれば喜んで性悪女を演じます」

感嘆のため息が、そこここから聞こえた。

「あなたにとって、ズバリ、女優とはなんですか？」

射貫かれるような強い光を宿した瞳で弘子を見据えつつ、ふたたび平が訊ねてきた。

「空気です」

「空気？」

平が、訝《いぶか》しげな顔で首を傾げた。

「そう。あたりまえになければ死んでしまう……それが、私にとっての女優です」

心証をよくするために言ったのではない。

本音だった。

誰もが認める女優になるために、一切を犠牲にしてきた。

誰もが認める女優になるためならば、鬼にでも悪魔にでもなることを厭《いと》わなかった。

束の間、花島と視線が交錯した。

弘子は、ほかの選考委員に悟られぬよう、花島に目で合図した。

今日は、忘れられない記念日となるだろう。

記念日——鳥居水香の、一流女優への第一歩となるはずの……。

☆

☆

スタジオの駐車場に谺《こだま》する足音。蹲《うずくま》る深緑のジャガーに歩み寄る人影に向かって、弘子は駆けた。

ドアにキーを差し込もうとした人影が振り返り、驚いたように眼を見開いた。

「いったい、どういうことですか⁉」

弘子は、人影……花島を物凄い形相で問い詰めた。

「なんだ、君か」

花島が、うんざりした顔で呟いた。

「どうして、私じゃなかったんですか⁉」

駐車場の湿った空気を、弘子の金切り声が切り裂いた。

オーディションが終わり、二時間の休憩を挟んで発表された千鶴子役に選ばれたのは弘子ではなかった。

「仕方がなかったんだよ。私は君を推していたんだけど、プロデューサーや監督が48番のコをえらく気に入っちゃってね」

オーディションに合格したのは、弘子と同じ列にいた西原聖というモデル系の美女だった。

「花島先生が推せば、大丈夫だって言っていたじゃないですか⁉　千鶴子役は私で決まりだって、言っていたじゃないですか⁉」

弘子は、花島の袖を摑み、詰め寄った。

「だから、私は約束通り君を推したさ。ただ、ほかの四人が48番のコを選んだ。それだけの話だ」

花島は、少しも悪びれたふうもなく、淡々とした口調で言った。

「騙して……いたんですね？　最初から、私の肉体だけが目的だったんですね！」

「なにを安っぽい昼メロみたいなことを言ってるんだ」

花島は弘子の腕を振り払い、冷めた眼を向けた。

「それに、初めてじゃないんだろう？　これまで、何人の男と寝てきたんだ？　だいたいな、肉体を使って仕事を取ろうなんて考えが甘いんだよ。悪いが、取材があるんでね。そこをどいてくれ」

花島は言うと、弘子を押し退けドライバーズシートに滑り込んだ。

駐車場に響き渡るエンジン音。弘子は、赤く滲むジャガーのテイルランプを呆然と見送った。真っ白に染まる頭の中に鮮明に蘇る花島との情事が、弘子の肌を粟立てた。

「いや、いや、いや……」

弘子は、己の躰を抱き締め、うわ言のように呟いた。

☆　　☆

「恥をかかせやがって」

ステアリングを握る谷川が、舌打ちをした。

「あいつに、いくらの酒を渡したと思ってるんだ？　二十万もするワインだぞ！　お前が、全国ロードショーの三番手の役を貰えるって言うから、奮発したんじゃないか!?」

谷川の声は、耳を素通りしていた。

弘子は、窓ガラス越しに移り変わる灰色の景色を虚ろな視線で追っていた。

「おい、人の話、聞いてるのか？」

「はい。聞いてます」

窓の外に顔を向けたまま、弘子は気のない返事をした。

「いいか？　お前は花島を手のうちに入れたつもりだったんだろうが、弄ばれただけなんだよ」

あのコとの差は、なんだったんだろう？

たしかに、彼女の手足は折れそうに細く、スタイルも抜群だった。

しかし、胸は貧弱で、無理なダイエットの弊害か肌にツヤもなく、女性としての色香はまったく感じられなかった。

目鼻立ちははっきりして一見美貌にみえるが、よくみると、鼻はインプラントで不自然に尖り、印象的な大きな眼も、二重瞼にしました、というように人工的だった。

女優にとって命であるはずの歯並びも決していいとは言えず、煙草を吸っているのだろうか、ヤニで黄ばんでいた。

妙に鼻にかかった声は耳障りなだけで、スクリーンであの声を聞かされ続けるのはつらいものがある。

下手ではないにしろ、肝心の演技も飛び抜けてうまいわけではなかった。

つまり、花島の力を借りずとも、女として……女優として、聖に負ける要素はなにひとつないのだった。

「すみませんでした……」

弘子は唇を噛み締め、絞り出すような声で詫びた。

「積極的なのはいいことだが、相手を選べよ、相手を。今度から、勝手なまねをするんじゃないぞ。枕はこっちに任せろ。いいな?」

弘子は小さく顎を引いた。

屈辱感に、押し潰されてしまいそうだった。

谷川の言葉にたいしてではない。

花島が千鶴子役を持ちかけていたのは、ひとりではなかった。

ふたり、三人……それ以上かはわからないが、その中に聖が含まれていたのは間違いない。

結果、選ばれたのは聖……つまり、弘子は負けたのだ。

彼女のセックスがよかったのか、単に花島の好みだったのか。

とにかく、花島が選んだのは弘子ではなく聖だったのだ。

「花島にかかった金、ギャラから引くからな」

谷川が、いら立たしげに吐き捨てた。

負けたくない。聖だけにではなく、誰にも……。

絶対に、座ってみせる。

誰も手の届かないトップ女優の椅子に……。

［里花］

里花は立ち止まり、背後を振り返った。

コンビニの袋を手に仲良く寄り添うカップル、犬を散歩させる初老の男性……怪しげな人物はいなかった。

駅から自宅までの道程で、同じことをもう四、五回は繰り返していた。

里花は小走りで自宅マンションに駆け込んだ。

手早くオートロックの四桁の暗証番号を押しエントランスホールに入ると、メイルボックスから郵便の束を手に取りエレベータに乗った。

エレベータを降り、自室に入りカギを締めたところで、ようやく里花は安堵の吐息を漏らした。

冷蔵庫からミネラルウォーターのペットボトルを手に取り、里花はリビングのソファに腰を下ろした。

からからに渇いた喉を潤《うるお》しながら、郵便物をチェックしていると携帯メールの短い受信音が鳴った。

お帰り！

件名をみた里花は、いやな予感に苛まれながら受信ボックスをクリックした。

リカちゅんへ

今日は、いつもより一時間二十分くらい帰りが遅かったね？
セクハラ上司にしつこく呑みに誘われたのかな？
それとも、いやみなおつぼねＯＬに残業を押しつけられたかな？
リカちゅんのことが心配だよ。
かわいそうにね。なにか相談があったら、いつでも乗るからね。
あ、そうそう、今日、十二時三十二分頃、職場の近くの夕鶴銀行の前で、
二十四、五歳の身長百八十センチくらいの髪を茶に染めた若い男性と会ってたよ

ね？
彼は友人？　リカちゅんの会社の顧客？　まさか、彼氏とかじゃないよね？
僕っていう存在がいるのに、彼氏なわけないか。
それにしても、リカちゅん、よく笑ってたね。彼の肩まで叩いたり……
彼って呼びかたはなんだか恋人みたいだから、あの男って書くね。
あの男の肩まで叩いたりして、ただの顔見知りなんだから、
ちょっと、馴々し過ぎると思うな。
リカちゅんが僕以外に心動かされないのは信用してるけどさ、
男って、そういうなにげない行為に、俺に気があるんじゃないかって
勘違いする単純な生き物だからね。
あまり人の悪口は言いたくないけど、あの男はかなりの遊び人だね。
肉体を貪るだけ貪って、あとはポイ捨てするタイプだと思うな。
どうしてただの顔見知りなのに、あの男の呼び出しに応じたの？
どうしてただの顔見知りなのに、あの男と十二分も立ち話をしたの？
どうしてただの顔見知りなのに、あの男に嬉しそうな笑顔をみせたの？
どうしてただの顔見知りなのに、あの男の肩を親しげに叩いたりしたの？
僕は怒ってなんかいないよ。そんな心の狭い男じゃないからね。

ただ、もう、二度とあの男には会わないって約束してほしいんだ。

約束、できるよね?

じゃあ、今日は、このへんで。

P・S　郵便で写真を送っておいたからみてね。

王子様

携帯電話を持つ手が震えた。

嫌悪感に、全身を鳥肌が埋め尽くした。

王子と名乗る男性のストーキングが始まったのは、約一ヵ月ほど前……メイルボックスに入っていた一方的なラブレターからだった。

内容は、いまのメールと同じ、独り善がりも甚だしいものだった。

その翌日も、また、翌日も、自宅のメイルボックスにラブレターが入っていた。

そのうち、ラブレターは、里花が勤める職場にも届くようになった。

恐怖を覚えた里花は、警察に相談したが、捜査に乗り出すような直接的な行為がないということで、腰を上げてはくれなかった。

困り果てた里花は、メイルボックスに投函されていた私設ボディガードの会社に電話を入れてみた。

——警察は、なにか事件が起きないと捜査に乗り出してはくれませんからね。ストーキング行為を甘くみていたら、取り返しのつかないことになります。

相談員の吉沢という男性は、警察とは打って変わって親身になってくれた。

もっとも、警察とは違ってお金を取る「商売」なので、当然といえば当然だった。

しかし、藁《わら》にも縋《すが》りたい気分の里花にとっては、それでも助かった。

里花は、郵便物の中から、宛名も差出人名もない封筒を取り出し、恐る恐る封を切った。

中に入っていた写真をみて、里花は息を呑んだ。

マクドナルドでハンバーガーを齧《かじ》る自分、コンビニでファッション誌を立ち読みする自分、路上で携帯メールをイジる自分……。

「いつの間に……」

里花は、掠《かす》れた声で呟いた。

この一ヵ月、気配ばかりで、「王子様」の姿どころか、声さえも聞いたことはなかった。

背筋に冷たいものが走った。

ふたたび、メールを受信する短い着信音に息が止まりそうになった。

里花は、震える指先で受信ボックスをクリックした。


あの男のことが心配だから、いまから行くね。


「嘘……」

里花は、思わず携帯電話を落としてしまった。

すぐさま携帯電話を拾い上げ、ソラで覚えている十桁の番号を押した。

『はい、ビップセキュリティですが……』

「あの、工藤ですが吉沢さんいらっしゃいますか⁉」

『あ、里花さん。私です。そんなに慌てて、どうなさいました？』

里花は、「王子様」が送ってきたメールの内容を読み上げた。

『それはまずい。とにかく、いまから伺います。車を飛ばしますので、十五分くらいで到着すると思います。それまで、絶対にドアを開けないでください』

「お願いします」

里花は電話を切ると玄関のカギを確認し、部屋の電気を消した。

リビングに戻り、ソファで膝を抱えて座り、吉沢の到着を待った。

ビップセキュリティは渋谷だ。吉沢の言うとおり、代々木の里花のマンションまで十五分もあれば到着する。

「王子様」より、吉沢がはやく到着することを祈った。

一分が、一時間にも感じられた。地獄だった。里花は腕時計の秒針を食い入るようにみつめた。

インターホンが鳴った。モニターは作動していない。エントランスではなく玄関からのドアチャイムに、里花は不吉な予感に襲われた。

「どちら様ですか？」

インターホンの受話器を手に取り、恐る恐る訊ねた。

『吉沢です。ちょうど宅配便の人が出てきたので、そのまま上がってきました』

里花は安堵の吐息を漏らし、玄関に駆けた。

念には念を重ね、ドアスコープを覗いた。

レンズに映る吉沢の姿を確認し、解錠してドアを開けた。

「わざわざ足を運んで頂いて……」

ゴツン、という鈍い衝撃音とともに吉沢の頭が前後に揺れ、前のめりに倒れた。

背後から現れたもうひとりの人物に、里花は悲鳴を上げた。

「リカちゅん。迎えにきたよ」

脂ぎった長髪、生白い下脹れのナスビ顔、青々とした髭の剃跡《そりあと》……血の付着した金槌を片手にした王子様が、遅回しのテープのような籠《こも》った声で言うと、歯肉炎で腫れ上がった歯茎を露出してにっこりと笑った。

額の裏側からすぅっと力が抜け、視界が闇に塗り潰された。

第八章

洞窟をモチーフとしたイタリアンレストランの個室は、足もとに白砂が敷き詰められていた。

妖《あや》しく揺れるキャンドルライトの向こう側では、富士テレビのチーフプロデューサーの島本が、ワインで顔を赤く染めていた。

「で、君は、どんな女優になりたいの？」

島本が、弘子の隣りに座るメグに視線を向けた。

島本が自分より先にメグに声をかけたことに、弘子は焦燥感を覚えた。

メグは、ドルフィンプロダクションに入ってまだ数ヵ月だというのに、既にスペシャルドラマの出演を果たし、再来月からは脇役だが映画の仕事が決まっていた。

歳は弘子よりふたつ下の十六歳で、飛び抜けた美人ではないが幼い頃から劇団で磨いた抜群の演技力と現役の女子高生というのを売りに、メキメキと頭角を現している。

一方の弘子はと言えば、川口プロデューサーに抱かれて連続ドラマで四番手の役を勝ち取ったまではいいが、クランクアップしてからは監督からもプロデューサーからも声はかからなかった。

そのドラマの原作者だった花島正志には、著書の映画への出演を確約する代わりに肉体を求められ、結果、裏切られた。

消費者金融の共映ファイナンスにしてもそうだ。

深夜枠とは言え、ＣＭが貰えるということで、谷川に連れられ、弘子は共映ファイナンス社長……飯倉の待つホテルへと向かった。

が、共映ファイナンスの広告に起用されたのは、ほかのプロダクションの女性タレントだった。

屈辱だった。見合った仕事が得られるというのなら、肉体を提供するのは構わなかった。

が、花島も飯倉も、端から仕事を与える気などなく、弘子の肉体だけが目当てだったのだ。

「私は、人々に夢と感動を与えられるような女優さんになりたいです」

メグの歯の浮くような台詞に、弘子は鼻を鳴らしたくなった。

十六歳という若さを武器に、清純ぶるにもほどがある。

弘子は知っている。メグが明け方の新宿で、コーヒー豆のような色の肌をした金髪の男と腕を組んで歩いていたことを。

歩いていた時間帯や男の風貌《ふうぼう》からして、きっとホストに違いなかった。

そのとき、弘子も偶然に朝帰りになったのだが、デジカメを持っていなかったことを後悔した。

清純派女優で売り出そうとしているメグがホストと朝帰り……写真誌に売れれば、面白い記事になる。

「ほう、まだ若いのに、なかなかしっかりしているじゃないか。それに、目力が強くていいね」

島本が、眼を細めてメグをみた。

焦燥感に拍車がかかった。

島本は、富士テレビのゴールデンのドラマ枠を持っている。富士テレビのドラマと言えば、民放各局の中でも格上だ。

過去十年で、三十パーセント台の視聴率を十回以上も弾き出している。

なんとかして、島本の興味を引かなければならない。

「私は、メグちゃんと違って、汚れ役でもなんでも、体当たりでいきたいです」

「汚れ役と言っても、いろいろあるけど、たとえばどんな感じの役なのかな?」

島本が食いついてきた。

「濡れ場や人殺し……役を頂けるなら、なんでもやります」

弘子は、島本の瞳を射抜くような鋭い眼でみつめた。

「谷川君、ずいぶんと頼もしいコじゃないか」

「まあ、口だけじゃなきゃいいんですけどね。それより、今度、一度メグの演技をみてあげてくださいよ。五歳の頃から劇団に通っていたので、ウチのプロダクションの中でピカ一なんですよ」

弘子は、弾かれたように谷川をみた。が、谷川はしらっとした顔でそっぽを向いた。

やはり、ドルフィンプロダクションはメグを推しているのだ。

「それは心強いね。最近、どこの局もドラマが低迷しているのは、ろくに演技もできない女優を起用してるからだと思うんだ。だから、ウチとしては話題先行のアイドル女優よりも、演技がしっかりした本格女優を必要としているのさ」

まずい雰囲気になってきた。谷川の余計なひと言で、島本の興味が一気にメグへと向いた。

「演技なら、私も自信があります。連続ドラマにも出演経験がありますし、それなりにキャリアも積んでいます」

弘子の強引な割り込みに、谷川とメグが驚いた表情をした。

それは、弘子も同じだ。

いままでの自分にはありえない積極性だった。

谷川が睨みつけてきたが、弘子は気づかないふりをした。

「君は、ずいぶん負けん気が強いね。負けん気は、女優にとって必要な要素だ」

メグに向きかけた流れを、弘子は自力で引き戻した。

いやな女だと思われてもいい。谷川に叱られてもいい。

なにより耐えられないのは、ライバルに目の前でチャンスを奪われてしまうことだ。

富士テレビの連続ドラマのヒロインをゲットすれば、ＣＭのオファーが転がり込んでくる可能性がある。

そうなれば一躍スターダムに伸《の》し上がり、谷川にあれやこれやと文句を言われることもなくなる。

勝利へのチャンスを、絶対にメグに渡しはしない。最初に突き抜けるのは自分だ。

たとえどんな手を使ってでも、勝ち取ってみせる。

自分には、守らなければならないプライドも貞操もないのだから……。

「はい。ありがとうございます。トップになりたいという思いは、絶対に誰にも負けません。トップになるためには、なんだってやります」

「おい、水香……」

「ほう。じゃあ、公衆の面前で裸になれと言われたら？」

谷川を遮った島本が、意地の悪い笑みを浮かべつつ訊ねてきた。

この手のタイプはサドっ気がある。これまでの経験で得た知識だった。

そして、すべてを受け入れる姿勢をみせることで上機嫌になるのも、この手のタイプの特徴だった。

「もちろん、なります。死ねと言われること以外なら断りません。命じられるがまま、どんなことでも従います」

弘子は、濡れた瞳で島本をみつめた。

メグにはない武器……色で事を有利に運ぶつもりだった。

たしかに、メグには若さと演技力がある。しかし、一部の例外を除いて、男はしょせん性欲を満たすことがなによりも最優先にくる生き物だ。

とくに、芸能界という欲の渦巻く世界で煩悩塗《ぼんのうまみ》れで生きているプロデューサーならなおさらだ。

「ほう、素晴らしい心がけだね」

島本の口もとが、いやらしく吊り上がった。

卑劣だとは思わない。いや、卑劣でも構わない。

二枚舌のプロデューサー、女優を私物化している映画監督、権力を振り翳《かざ》す原作者……正直に生きるには、この世界はあまりにも薄汚れていた。

「心がけだけじゃありませんから」

弘子は、島本に誘うような視線を向けながら妖艶に微笑んだ。

☆　☆

男という生き物はどんなに気取り済ました顔をしていても、ある一定以上の魅力を持った女の誘いにはいとも簡単に落ちるものだ。

それを証明するように、三時間前には会食の席で尤《もつと》もらしい言葉を並べ立てていた島本が、弘子の上で腰を動かしていた。

花島も飯倉も、そうだった。

ただ、彼らのときと違うのは……。

弘子は、喘ぐふりをして顔を横に向けた。ナイトテーブルに載せたバッグには、ピンホールカメラが仕かけられていた。

一切の情事を撮影されているとも知らずに、島本が腰を前後に動かしていた。

その薄気味悪い喘ぎ声も、セルライトに塗れた腹も、動画として残るのだ。

「私を……ドラマに……出して……貰えますか？」

弘子もわざと声を切れ切れにしながら、島本に言質《げんち》を求めた。

「ああ……もちろんだとも……僕が担当のクールの連ドラの二番手に……キャス……ティングして……あげるよ……」

島本が、腰の動きをはやくしながら言うと、短い呻き声を発し弘子に覆い被さってきた。

荒い息を吐く島本の躰の下で、弘子は微かに唇の端を吊り上げた。

☆　☆

天井にゆらゆらと立ち昇ってゆく紫煙を、弘子は視線で追った。

島本の太鼓腹は、まだ、大きく波打っていた。

性的欲望の満足感と反比例するように、島本の弘子にたいしての興味が薄れてゆくのがわかった。

「島本さんが次に担当するクールのドラマって、十月ですよね？」

情事が終わったあと、初めて弘子は口を開いた。

「ああ」

島本は面倒臭そうに言うと、紫煙を勢いよく吐き出した。

「私の役って、どんな感じになりそうなんですか？」

「まだ本もできてないのに、そんなのわかるわけないじゃないか」

いつもの弘子なら、ここで引き下がっているところだ。

が、いまは違う。

弘子には、絶対的な切り札があるのだ。

「でも、準主役なんですよね？」

「だから、本もできていないって言ってるだろう？　それに、主役のキャスティングも決まってないのに、準主役もなにもあるか」

島本が、吐き捨てるように言った。

やはり、彼も、花島や飯倉と同じだ。

クランクインが近づけば、ああだこうだと言い訳をつけて、約束をうやむやにする気に違いなかった。

虚構の世界では、嘘を吐くことこそが常識であるとでもいうように……。

「さっき、二番手にキャスティングしてくれると言ったじゃないですか⁉」

無駄だとわかっていながら、一応、抗議の姿勢をみせた。

できることなら、切り札を使わずに「夢」を叶えたかった。

「なんだ？　俺に指図するのか⁉　決まっていた話がひっくり返るのは、芸能界じゃよくあることだ。ごちゃごちゃ言うんじゃない」

「わかりました」

弘子はベッドから下り、下着と服を着け始めた。

「帰るのか？　もう一ラウンドやらせたら、連ドラの件、考えないこともないぞ」

下卑た笑いを浮かべる島本。下水道に湧くボウフラとて、この男ほど醜くはあるまい。

「結構です」

短く言い残し、弘子は出口へ向かった。そしてドアを開けると足を止め振り返り、バッグの中から取り出したマイクロカセットを宙に翳《かざ》した。

「約束を反故《ほご》にするというのなら、この部屋で行われた出来事を写真週刊誌とライバル局に持ち込みます」

「な……お前……」

島本の口があんぐりと開き、表情が固まった。

「連続ドラマの準主役、頼みましたよ」

弘子は薄い笑みを残し、ホテルの部屋をあとにした。

［理佐］

膝を抱えた格好で、理佐はテレビの中の極彩色のリトマス紙をみつめていた。

こんなに大きなリトマス紙を、みるのは初めてだった。

いったい、なんの検査に使うのだろうか？

それにしても、キーンという金属音が耳障りだった。

テレビの中に、誰か潜んでいるのか？

もしかしたら、ＣＩＡ……。

理佐は弾かれたように立ち上がり、テレビの裏側を覗き込んだ。

誰もいない。

ＣＩＡではなく、ピグミースローロリスのような七センチくらいの小人なのかもしれない。

小人なら、この薄型のテレビの中に余裕で入ることができる。

「おい、お前、なにやってんだよ？」

芳樹が、テレビを揺する理佐を指差し、腹を抱えて笑っていた。

「シッ！　静かにしてっ。小人に気づかれるじゃないっ」

「お前、馬鹿だな。このキーンって音鳴らしてるのは、小人じゃなくて鶴島先生なんだよ」

ふらふらと立ち上がった芳樹が、宙を歩きながら近寄ってきた。

「鶴島先生って、あの鶴島先生？」

理佐は、テレビを揺する手を止め訊ねた。

「そう。あのヒスばばあだ」

今度は、理佐が腹を抱えて笑った。

鶴島節子は、理佐と芳樹の高校時代の担任で、すぐに金切り声で騒ぎ立てる性格から、陰で生徒にヒスばばあと呼ばれていた。

「このキーンはさ、ヒスばばあ以外にありえない……」

「ちょっと、待ってて」

不意に理佐は不安に駆られ、厳しい表情で芳樹の言葉を遮った。

「どうしたんだよ？」

「私さ、髪の毛茶に染めてるじゃん。これ、みつかったら、絶対に怒られちゃうよ。のりっぺなんかさ、美容室に行かされて黒く染められちゃったん……いやぁーっ」

突然、理佐は悲鳴を上げた。

巨大リトマス紙から砂嵐に変わったテレビの中から、マントヒヒが飛び出してきたのだ。

「芳樹っ、なんとかして！」

理佐は、芳樹の背中に隠れてテレビの前のガラステーブルを指差した。

マントヒヒは、テーブルの上のポテトチップスの袋に顔を突っ込んでいた。

「なんだよ⁉　どうしたんだよ⁉」

「マントヒヒ……マントヒヒがポテトチップスを食べてるんだってば！」

理佐は、涙声で叫んだ。

「お袋、なにしにきたんだよ！」

芳樹が、マントヒヒに背を向け、玄関にいるのだろう母親を怒鳴りつけた。

芳樹の母とは、電話で一度話しただけで会ったことがない。

先々姑となる彼女に嫌われないように、きちんと挨拶をしておくべきだった。

「お母様。はじめまして。私、須藤理佐と申します。芳樹君とは、中学時代から
……」

「離れろ！」

芳樹が、理佐の腕を引いた。

「どうしたのよ、お母様にご挨拶しているときに……」

「こいつは、お袋なんかじゃないっ。生活指導の荒巻だ」

「え？　荒巻って……あの、禿頭《はげあたま》？」

「そう、あの禿頭だ」

芳樹の言いかたがおかしく、理佐は爆笑した。

釣られて、芳樹も己の膝を叩いて笑った。

笑い過ぎて、腸が捩《ね》じ切れてしまいそうだった。

いつまで経っても、笑いはおさまりそうもなかった。

横隔膜が痙攣《けいれん》し、肺が痛くなった。

芳樹の鼻が広がっているのが、耐えきれないほどにおかしかった。

軽く、ビー玉でも入りそうな勢いだ。

涙に滲む視界に、鼻を膨らませ笑い転げる芳樹が映った。

理佐は座り込み、床をバンバンと叩いた。

このままでは、笑い死にしてしまいそうだった。

遠い昔、おぬしの先祖は、わしを笑い者にした。みなの前でわしを侮辱したのだ。

わしは、この上ない辱めに耐え切れず切腹した。わしは誓った。来世で、必ずおぬしに復讐をするとな。

不意に、目の前に落ち武者のようなざんばら髪の男の顔が現れた。恐怖心に襲われた理佐だったが、笑いは止まらなかった。

わしを笑い者にしたおぬしは、笑い死にするがいい。笑って、笑って、笑い続けて、狂い死にするがいい。

「いや……やめて……お願い……もう、やめてよ……苦しい……」

肋骨が、折れてしまいそうだった。

笑え！　笑え！　笑って笑って笑い死ね！

絶叫するざんばら髪の男の顔が破裂した。

唐突に、ドアが叩きつけられるように開き、複数の足音が雪崩《なだ》れ込んできた。

ふたりの男に、両腕を摑まれた。理佐は絶叫し、足をバタつかせた。

包丁を振り回す芳樹も、三人の男に取り押さえられていた。

「小野田理佐。麻薬取締法違反で、逮捕する」

理佐の手首に、冷たく硬い鉄の塊が打ちつけられた。

第九章

「おはようございます」

　エキストラ、照明スタッフ、ＡＤ、出演者のマネージャー……弘子がスタジオに足を踏み入れると、関係者が次々と頭を下げてきた。

　いままでの現場とは、明らかに空気が違った。

　誰も彼もが、弘子の動きを眼で追い、気を配っていた。

　今日から、富士テレビの連続ドラマがクランクインする。

　弘子の役は、クール＆クールの中海広也《なかうみひろや》演じるＦ１レーサーの恋人……葉月アリサ役だった。

　クール＆クールは、トライハーツプロダクションと並ぶ業界最大手の芸能事務所であり、テレビ界、映画界に多大なる影響力を持っている。

　中海広也は人気アイドルグループのマックス５のリーダーであり、歌手として役者として、いま、最も波に乗っているタレントだ。

出演すれば視聴率二十パーセントを確実に超える中海広也との共演は、全女優が狙っているといっても過言ではない。

これまで主役どころか、準ヒロインの経験さえない弘子のキャスティングは、まさに大抜擢だった。

――わかった。必ず君を富士の月9に起用する。だから、あのテープをすぐに戻してくれ。

――それはできません。この業界の口約束ほど、信用できないものはないですからね。私が、正式にドラマにキャスティングされて、クランクアップしたらお返しします。

――まったく、君って奴は……。

電話でやり取りしたときの島本の屈辱に震えた声が、心地好く鼓膜を愛撫した。

「おはようございます。今回のドラマでアシスタントディレクターを務めさせて頂きます工藤と申します。控え室にご案内します」

工藤が、へこへこと頭を下げながら谷川と弘子を通路の奥に先導した。

通路の向こう側から、見覚えのある女性が歩いてきた。

「挨拶は？」

女性……福田千恵が足を止め、咎《とが》めるような視線を向けてきた。

千恵とは半年程前に、連続ドラマ『女だらけの夏』で共演したのだが、彼女が主役で弘子は四番手の役だった。

プロデューサーの川口の息がかかっていた弘子を快く思わなかった千恵には、絡みを拒否されるなどずいぶんといやがらせを受けたものだ。

しかし、そのときといまでは、立場が違う。

弘子は、自分の楽屋のドアに貼られている鳥居水香という紙を無言で指差し、続いて、ふたりの女優の名前が書かれた紙が貼られている千恵の楽屋のドアに見下したような視線を向けた。

「ちょっと、なんのつもり……」

気色《けしき》ばむ千恵に会釈を残し、弘子は楽屋へと入った。

☆　☆

「はいっ、カーット！　いやぁ、広也君も水香ちゃんもよかったよぉ」

監督の勅使河原《てしがわら》が、オーバーなリアクションを取りながら満面の笑みを湛えて歩み寄ってきた。

「いやいや、さすがは広也ちゃん、なにをやらせてもサマになるねぇ〜。まさに、若き日のセナって感じだよぉ。水香ちゃんも、初ヒロインとは思えないほど、堂々としてるねぇ〜。和製オードリーって感じだよぉ」

勅使河原は、『秒速の夏』の主役とヒロインのご機嫌を取るために揉み手擦り手をしつつ、ふたつ並べて用意してあるパイプ椅子に腰を下ろした広也と弘子を持ち上げた。

飛んできた局付きのヘアメイクが弘子の髪の毛を整え、ADがミネラルウォーターのペットボトルを差し出した。

助監督、脚本家、プロデューサー、ディレクター……広也と弘子の周囲には、ほかの出演者の何倍もの取り巻きが集まっていた。

スタジオの隅から、千恵が悔しそうな顔で弘子を睨みつけた。

ヒロインとそのほかの差は、歴然だった。

ヒロインから見た芸能界という世界が、こんなにも違うものだと弘子は初めて知った。

「次のテイクの、レースに向かう達哉をアリサが引き止めるシーンで、本では涙を流す、ってありますけど、抑えた演技で不安を表現してみてもいいですか？」

弘子は、千恵に聞こえよがしに勅使河原にアイディアをぶつけた。

「あ、それ、いいねぇ～、いいねぇ～。初芝ちゃんは、どう思う？」

勅使河原が、脚本家の初芝に意見を求めた。

「そうですね、敢《あ》えて涙を流さないほうが、アリサの気持ちが伝わるかもしれませんね」

勅使河原も初芝も本当にそう思っているのかもしれないが、ヒロインからの提案という部分が大きく影響しているのは間違いなかった。

「監督、七海が達哉に思いを寄せるシーンなんですけど……」

ちやほやされる弘子に我慢できなくなったのか、千恵が話の輪に入ってきた。

「ただ遠くからみつめるシーンが多いんですけど、強気な七海のキャラ的に言うと、もっと、積極的にアプローチするほうがいいと思うんです」

積極的なアプローチ……換言すれば、セリフをもっと増やしてほしい、ということを訴えているのだ。

「初芝ちゃんの七海は、遠くからみつめるキャラだから」

千恵の提案をにべもなく却下する勅使河原の口調は、弘子のときとは違って別人のように素《そ》っ気《け》なかった。

「でも……」

「あ、広也ちゃんさぁ、逆に、アリサに引き止められるとき、一瞬、躊躇する表情をみせるのってどう？　ねえ、水香ちゃんはどう思う？」

千恵など存在しないとでもいうように、勅使河原が広也と弘子に顔を向けた。

唇を噛む千恵の顔は、屈辱に塗れていた。

ドラマや映画の現場は、主役級以外は駒のような扱いをされるのが現実だ。

監督やスタッフらにもよるが、ひどいときには人間扱いされない現場も珍しくない。

過去に弘子は、いやというほど脇役が故の差別を経験していた。

「そうですね。そのほうが、達哉の葛藤が表現できていいと思います」

弘子は、優越感に満ちた表情で言った。

チーフプロデューサーとの情事を隠し撮りし、脅して勝ち取った仕事……。

そのやり口が、卑劣だということはわかっている。

後悔はしていない。

この世界では、まっすぐな人間ほど損をする。卑劣であっても、売れた者がすべての発言権を持つのだ。

まだまだ、頂点への道は遠い。

どんな脚本でも名前が最初に載る女優になるためには、くだらない良心の呵責《かしやく》など感じている暇はなかった。

そう、千恵程度の女優に構ってはいられないのだ。

「水香ちゃんがそう言ってくれるなら、鬼に金棒だ。さあ、撮影開始といこうか！」

勅使河原が、弘子の肩を叩き腰を上げた。

新人マネージャーの畑野にペットボトルを渡し、弘子も勅使河原のあとに続いた。

第十章

「はーい、本番いきま……水香ちゃん、どうしたの？」

ディレクターの音無《おとなし》が、慌てて駆け寄ってきた。

「何本食べればいいのよ⁉　夕方からドラマの撮影があるのに、お腹壊したらどうするの⁉」

弘子はアイスキャンディを小皿に投げ捨て、スタジオから飛び出し控え室へと向かった。

「水香さんっ」

畑野とディレクターが血相を変えて弘子を追ってきた。

弘子は控え室に入り、ソファに座るとメンソール煙草をくわえた。

「水香さん、次のテイクで必ず終わりにしてもらいますから、現場に戻ってくださ い」

畑野が弘子の足もとに跪《ひざまず》き懇願した。

「いやよっ。もう、五本も食べてるのよ⁉　普段は、アイスなんて食べないんだから！」

「水香ちゃん、そんなこと言わないで。前まで同じCMをやっていた冷菜ちゃんなんか、十本も食べてやっとOKが出たんだからさ」

ディレクターは、視聴率女王の名前を出して弘子の説得にかかってきた。

業界最大手のトライハーツプロダクションの浅見冷菜と言えば、各局の敏腕プロデューサー達がこめつきバッタのように頭を下げて諂《へつら》うほどの売れっ子だ。

じっさい、弘子も大ファンで、新人の頃はテレビ局の廊下で擦れ違っただけで天にも舞い上がる気分になったものだ。

だが、いまは違う。

四クール連続のドラマの主演、次クールのゴールデン枠のドラマの主役、六本のCM……いまや弘子は、冷菜に劣らない売れっ子女優へと変貌を遂げた。

二年前にヒロインを務めた『秒速の夏』で、弘子は視聴者の心を摑み、一躍スターダムに躍り出た。

放映中に、主人公で共演者だった中海広也との密会現場を写真誌に撮られたことも話題となり、当時、無名に近かった鳥居水香を全国区に押し上げた。

さらに、交際発覚二ヵ月目に広也が別の女優との浮気現場をふたたび写真誌に撮られ、世間の同情は弘子に集まった。

ひと言も恨み言を口にせず身を引いた潔い態度が、彼女の好感度をアップさせた。

すべては、偶然の出来事のように思えた。

幸運は、自分の手で摑むもの……それが、弘子の考えだった。

弘子は広也を誑《たぶら》かし男女の関係になり、デートする店の場所を写真誌の記者にリークした。

弘子は友人の新進女優に広也を誑かさせ、ふたたび、情報をリークした。

まるで、ドラマの中の悪女のようだった。

そもそも、芸能界で起こっている出来事自体が、ドラマそのものなのだ。

「冷菜さんが十本食べているからって、私には関係ないでしょう？　私は、もうこれ以上は食べたくないって言ってるの」

「水香さん。お願いですから、あともう少しだけ……」

畑野の声を遮るように、スタジオのドアが勢いよく開いた。

「あ、谷川さん」

畑野が、救世主をみるかのような眼を谷川に向けた。

自分の手には負えず、上司のチーフマネージャーに救援を仰いだに違いない。

「水香、どうしたんだ？」

「撮り直しばっかりで、これ以上はアイスを食べられない、って言っただけです」

「気持ちは分かるが、それじゃ撮影が終わらないだろう?」

谷川が、水香の機嫌を損ねないような気遣う口調で言った。

二年前の関係なら、ふざけるな、と一喝されたことだろう。

もちろん、あのときの水香にそんな態度が取れるはずもなかった。

「いままでのテイク分で、編集すればいいじゃないですか。撮影を続けても、おいしそうな顔なんてできませんよ」

「そう言わずに頼むよ。大宝製菓さんがウチにとって大事なスポンサーさんだって、水香も知ってるだろう?　ここでいい画が撮れれば、今後のオファーにも繋がるしさ。な?　この通り」

谷川が、顔前で拝み手を作った。

ふたりの立場は、完全に逆転していた。

連続ドラマの主演を務め、ＣＭのオファーが入るようになったあたりから、社長の神原をはじめとするドルフィンプロダクションのスタッフ達の弘子に接する態度が明らかに変わってきた。

まず、社用車が自宅まで出迎えるようになり、専属のヘアメイクが付くようになった。

テレビに出演する際の楽屋はひとり部屋になり、どこの局に行ってもプロデューサー、アシスタントプロデューサー、ディレクターがこぞって挨拶に現れた。

いまや鳥居水香は一流女優であり、事務所の看板タレントに成長した。

一時期出世争いを繰り広げていたメグも、いまや弘子のバーター女優に成り下がっていた。

来週からクランクインの新作映画では、メグは弘子の親友の妹役として脇役で出演する。

「ねえ、あれ、言ってくれる？」

弘子は、促すように畑野に視線を向けた。

「え……いま、ですか？」

畑野が困惑した表情で訊ねた。

「いまじゃないと、意味がないでしょう？」

弘子は、畑野に厳しい口調で言った。

「なんだ、畑野？」

「いえ、その、水香さんが、ギャラのパーセンテージを六割にしてほしいと……」

畑野が、言いづらそうに言葉を濁した。

「六割だと⁉　この前、パーセンテージを五割に上げたばかりじゃないか⁉」

谷川が血相を変えた。

ドルフィンプロダクションのギャランティの配分は、事務所とタレントが六対四となっている。

谷川が言うように、先々月、弘子のギャランティは十パーセントアップの五割になっていた。

「事務所は、私で持っているようなものじゃないですか？　メグちゃんだって秋穂ちゃんだって、私のおかげで役についてるし。それくらい貰うのは、当然だと思いますけど」

いまの位置を勝ち取るまでの屈辱を考えると、六割でも少ないくらいだった。

弘子は、一流女優という名誉と引き換えに、お金では取り戻せないものを失った。

「しかしな、ほかのタレントとのバランスというものがあるだろう？」

「私がいなければ、バランス以前に事務所経営が成り立たないんじゃないんですか？　でも、無理にとは言いません。契約は今年一杯で切れますから、鳥居水香という女優をもっと評価してくれる事務所に移籍してもいいんですよ」

弘子は、涼しい顔で言った。

「い、移籍⁉　ちょ……ちょっと待ってくれ。誰も、だめだとは言ってないじゃないか。ただ、俺の一存で決めるわけにはいかないから、少し時間をくれよ」

「いま、社長に電話をして確認を取ってください。じゃなければ、私、帰ります」

「お前、いい加減に……」

「なんです？」

なにかを言いかけた谷川の眼を、弘子はじっと見据えた。

「いや、なんでもない。わかったよ」

谷川が、諦めたように携帯電話を取り出し電話をかけ始めた。

視聴率の取れる女優の発する言葉は、どんな無理難題でも絶対だ。弘子が、ライオンを猫だと言ったら周囲はそれに合わせなければならないのだ。

「それから、畑野君。撮影が長引きそうだから、ピピに餌を上げてきてくれる？」

ピピとは、弘子が飼っているチワワだった。

「撮影中に……ですか？」

畑野が、少し不満げに訊ね返した。

「あなたが撮られるわけじゃないでしょう？　それとも、深夜までピピにお腹を空かせて待ってろって言うの⁉」

弘子は、畑野を睨み強い口調で言った。

「いえ……行ってきます」

「あ、ちょっと待って」

脱兎の如くスタジオを飛び出そうとした畑野を、弘子は呼び戻した。

「はい、なんでしょう?」

弘子は無言で、畑野に向かって右足を出した。

「長時間立ちっ放しで足が張ってきちゃったから、ほぐしてちょうだい」

畑野が唇を嚙み締め腰を屈めると、朱に染まった顔で弘子のふくらはぎを揉み始めた。

このくらいで、なによ。

弘子は心で吐き捨て、ソファに深く身を預けて眼を閉じた。

［つぐみ］

シャワーの音が漏れ聞こえてくると、つぐみは床に放り投げられた智彦のジャンパーのポケットを探り携帯電話を取り出した。

メール欄を開こうとするつぐみの指先が、罪悪感で躊躇した。

つぐみの友人は、みな、例外なく彼氏の携帯電話のメールをチェックしていた。

だが、いざ、自分がその立場になると気が引ける。


——私はさ、絶対にそんなことしないよ。


彼氏の行動が怪しいと携帯メールを盗みみたと告白した友人に、つぐみは自信満々に言った。

じっさい、智彦と交際して二年の間に、彼の携帯メールをみるどころか、携帯電話に触ったこともなかった。

智彦と出会ったのは、つぐみが高校時代にファストフード店でアルバイトをしていた頃だった。

——あの……一番安い商品ってどれ？

ある日、つぐみがバイトを上がろうとしたときに、顔を蒼白にし額に脂汗を浮かべた若い男性が店に飛び込んできた。

男性は、十七歳のつぐみよりいくつか上のようにみえた。

——ホットコーヒーになりますが。

——じゃあ、それでいいや。ちょっと、待ってて。

男性は五百円硬貨を慌ただしくカウンターテーブルに置き、フロアの奥へと駆けた。トイレを借りるのが目的だったのだ。

しばらくして出てきた男性は、頼んだコーヒーのことも忘れて店を飛び出して行った。

あとを追って表に出たときには、既に男性の姿はなかった。

注文したコーヒーとお釣りの三百二十円を置き去りにしたまま消えた男性のことが、つぐみの頭から離れなかった。

コーヒーやお釣りのことが、その理由ではなかった。

うまく説明できない感情が、つぐみの心の奥に芽生えていた。

二日、三日……翌日から、つぐみは男性の来店を心待ちにした。

しかし、一週間が過ぎても、男性は現れなかった。

もう、二度と会えないかもしれないと諦めかけていたときに、十日ぶりに男性は店を訪れた。

男性は、つぐみのこともコーヒーとお釣りを置き忘れていたことも覚えてないようだった。

つぐみは、汚れてもいないテーブルにダスター掛けをしたり、まだ十分に残っているのにナプキンを補充したりと、男性の周囲を動き回りながら様子を窺った。

男性は、ノートパソコンの画面を覗き、小気味のいい音を立ててキーを叩いていた。

お客様のお金を多く貰ったままではいけない。

つぐみは正当な理由をつけて臆病になる自分を鼓舞《こぶ》し、男性に話しかけることを決意した。

「あの、すみません……」

男性が顔を上げ眼が合った瞬間、つぐみは心臓を鷲掴みにされたような息苦しさに襲われた。

「はい？」

「これ、この前、お忘れでしたよね？」

つぐみは言いながら、三百二十円を男性の前に置いた。

「え……あ、ああ、そうだった。すっかり、忘れてたよ。ありがとう」

男性の笑顔に、つぐみは引き込まれそうになった。

「この前、凄く慌ててたみたいですけど、どうしたんですか？」

つぐみは、勇気を出して訊ねた。

ここで会話を繋がなければ、ただの店員と客で終わってしまうという焦燥感が、つぐみを積極的にさせた。

「あのとき、編集者との打ち合わせに遅れそうになってさ」

「編集者？　お客さん、出版社の人なんですか？」

大の本好きのつぐみは、編集者、という響きに敏感に反応した。

「ううん、本を作るほうじゃなくて書いているほうなんだ」

「ということは、作家さん⁉」

カウンターの奥から店長が睨むほどの大声をつぐみは出していた。

「売れない、って言葉が頭につくけどね」

冗談っぽく言うと、男性は片目を瞑《つむ》ってみせた。

「でも、凄いです。私、尊敬しちゃいます」

嘘ではなかった。月に三冊は小説を読破するつぐみは、最初から気になっていた男性が作家であることを知り、つぐみの眼はハート型になっていたに違いない。

これが漫画ならば、つぐみの眼はハート型になっていたに違いない。

「尊敬なんて、そんな、くすぐったいよ」

「どんな小説を書いているんですか？」

「いわゆる、恋愛小説だよ。ちょうどいま、新作を書き始めたところだよ。ほら、こんな感じ」

男性が、ノートパソコンのディスプレイをつぐみのほうに向けた。

「読んじゃっても、いいんですか？」

笑顔で男性が頷いた。


初恋を引き摺るのは女よりも男のほうだ、と誰かがなにかのテレビで言っていたのを僕は思い出していた。

久美子という同棲までしている女性がいるのに、僕は、いま、手にした写真の中で微笑む女性に心を奪われていた。

写真の女性……初音は、僕が中学時代に交際していた女のコだ。

交際していたといっても、放課後に途中まで一緒に帰ったり、休日に映画を観に行ったりと、中学生に相応しいプラトニックなものだった。

キスどころか、手を握ったことさえなかった。

が、僕の心を占めているのは、肉体関係のある久美子ではなく初音の面影だった。

初恋の相手とは、アイドルと同じなのかもしれない。

深くに踏み込まなかったが故に幻想を抱ける……つまり、きれいなままの思い出だけしか残らない。

その点、久美子のことはなにもかもを知り過ぎて、普段の生活の中でみたくない部分まで眼についてしまい、離れているときは考えたくはない存在になってしまっていた。


「これって、実体験ですか？」

ディスプレイから視線を男性に移し、つぐみは訊ねた。

小説を読んでいていつも疑問に思うことは、物語のどのくらいまでが作家の体験なのだろうか……それとも、まったくの創作なのだろうか、ということだった。

「半分が実体験で、半分が創作ってとこかな」

掌が震えた。智彦の携帯電話がバイブレートし、つぐみは回想の旅から現実に引き戻された。

液晶ディスプレイに浮かぶ、非通知、の表示。時間はまもなく午前零時を回ろうとしていた。

三回、四回、五回……一定の間隔で震えながら、携帯電話は着電を告げていた。

電話に出ようかどうか迷っているうちに、携帯電話は静かになった。

深夜の時間帯にかかってきた非通知の電話。

この時間帯に編集者からかかってこないことはないが、ならば、必ず名前が通知される。

疑心が、ムクムクと鎌首を擡《もた》げた。

今度は躊躇わずに、つぐみはメール欄を開き、受信ボックスをクリックした。

伊野、田中、吉岡、田中、伊野……受信日の新しい順から、つぐみはチェックした。

送信者はみな、つぐみも知っている編集者のものばかりだった。

受信欄の次のページを開いた。

志村、吉岡、吉岡、田中、伊野……やはり、送信者は編集者で占められていた。

「そうよね。私の考え過ぎだわ」

つぐみは、安堵の息を吐きながら、自分を納得させるように呟いた。

この一ヵ月、智彦の帰りが連日遅いということが、携帯メールを盗みみる行為に走らせるほどにつぐみを不安にさせた。

本人に訊いても、決まって口にするのは編集者との打ち合わせや会食が理由だった。

たしかに、そこそこ名の売れた作家なのだから打ち合わせや会食はあるだろうが、一ヵ月の間、連日連夜はおかしい、と思ったのだ。

しかし、智彦にかぎって、つぐみを裏切るようなまねを……。

次のページを開いたつぐみは、ハートのアイコンに視線を奪われた。

送信者にはHのイニシャル……恐る恐る、クリックした。


今日は、とても楽しかったよ。また、誘ってね。


携帯電話を持つ手が震えた。

明らかに、女性からのメールだった。しかも、短い文面ながらかなり親密な様子が窺えた。

汗ばむ指先で、ページを遡《さかのぼ》った。

ふたたび、Hのイニシャル。

ありがとう。トモの気持ち、凄く嬉しいよ。じゃあ、おやすみ。

智彦は、なにを言ったのだろうか?
なにより、智彦をトモと愛称で呼ぶこの女性はいったい……。
混乱する頭で、さらにページを遡る。

初音も、トモのことが好きだよ。

脳内が、白く染まった。
初音も、ということは、智彦も彼女のことを好きだと言ったに違いない。
智彦が、自分以外の女性を……初音?　どこかで聞き覚えのある名前だった。

初音は、僕が中学時代に交際していた女性だ。

不意に、出会った頃に智彦がみせてくれた小説の一節が記憶に蘇った。

「まさか……」

つぐみは絶句した。

「おい、なにをやってるんだ！」

シャワールームから出てきた智彦が、血相を変えて怒鳴った。

初恋を引き摺るのは女よりも男のほうだ、と誰かがなにかのテレビで言っていたのを僕は思い出していた。

あのときの小説の書き出しが、混乱するつぐみの頭の中に浮かんだ。

第十一章

金色の髪、陽灼《ひや》けサロンで焼いた肌、白く塗ったアイライン、原色のキャミソールドレス……鏡に映った少女の姿が、自分と同一人物だとはどうしても思えなかった。今回の映画……『渋谷純情物語』で弘子が演じる役は、いわゆるギャルというやつだ。

金髪にしたいなら水で洗い流せるスプレーがあるし、肌を黒くしたいならファンデーションもある。

だが、弘子は、リアリティに拘《こだわ》った。

役作りのために弘子は、クランクインの一ヵ月前から渋谷の本物のギャル達と寝食をともにした。

ギャルのファッションやメイクはもちろん、ジュースの飲みかた、喋りかた、メールの打ちかたまですべてを観察し、自分のものにした。

わがまま姫、独裁女王、女帝……待ちが長ければ無断で現場を離れて遊びに出かけ、気に入らない共演者は監督やプロデューサーに命じて降板させ、脚本や編集にまで細かく口を出し、気分が乗らなければロケバスから出てこない弘子は、スタッフらに陰でそう呼ばれ疎まれていた。

だが、それでも弘子へのオファーがあとを絶たないのは、徹底した役作りによる完璧な演技力のおかげだった。

どんなベテランにもNGを出すことで有名な気難しい監督も、弘子の演技にたいしてはただの一度も注文をつけなかった。

「水香さん、そろそろスタンバイしてください」

控え室に入ってきた畑野に、弘子は鏡越しに頷いた。

☆　☆

「おい、コーヒー、まだかよ？」

テレビの前で横になりボクシング観戦していた卓人が、イラついた口調で言った。

「かったるいから、自分でやってくれる」

ファッション誌を捲る手を止めず、弘子は面倒臭そうに言った。

「なんだよ？　最近何もやってくれないじゃないか」

身を起こした卓人が、うんざりした顔で言った。

「女がやらなきゃいけないって、決まってるわけ?」

相変わらず、弘子の顔はファッション誌に向いたままだった。

「お前、いったい、どうしたんだ? 仕事で、なにかあったのか?」

卓人が、深刻な口調で訊ねた。

「そういうのがウザいんだって」

弘子は、ファッション誌を乱暴に閉じて吐き捨てると立ち上がった。

「おい、どこに行くんだ!?」

「どこでもいいじゃん!」

「いいわけないだろう? 俺は、お前の彼氏だぞ!?」

「その言いかた、マジむかつく!」

弘子は、怒声を残してリビングをあとにした。

☆

☆

弘子は、ソファに深く背を預け、虚ろな視線を宙に泳がせていた。

ノーメイクの肌は青白く乾燥し、その瞳からは生気が感じられなかった。

テレビでは、親が子を殺し、子が親を殺す事件が毎日のように報道されていた。政治家の不倫スキャンダル、未成年アイドルの喫煙問題……いまの弘子は、世の中でなにが起ころうとまったく興味がなかった。

残された数ヵ月をどうやって生き抜くかで、精一杯だった。なにもやる気が起きない。なにも考えることができない。

自分は不死身だというなんの根拠もない自信が、昔からあった。

自分だけは、事故にもあわず病気にもならず、平穏な人生を送るものだと信じていた。

まさか、二十歳の若さで、こんな不幸が襲いかかってくるとは思ってもみなかった。

母と近所の祭りで買った綿菓子の味、庭の花壇で舞っていたモンシロチョウ、小学校に入学して初めてランドセルを背負ったときの感触……幼い頃の思い出が、まるで昨日のことのように脳裏に蘇った。

「弘子」

誰かが私の名を呼んでいる。しかし、弘子には返事する気力もなかった。

「おい、聞こえてるのか?」

肩を摑まれた。

声の主は、卓人だった。

「いま、ひとりにしておいてくれるかな?」

弘子は、卓人と眼を合わせずに言った。

「もう、いい加減にしてくれよ!」

卓人が叫び、手にしていた携帯電話を床に投げつけた。

「急に大声出して、びっくりするじゃない」

弘子は、覇気のない瞳で初めて卓人の顔をみた。

「今度はなんの役だ!? え? 撮影に入るたびにその役に入り込まれたら、たまったもんじゃないんだよ!」

怒声を上げる卓人に、弘子は眼を白黒させた。

「どうして、そんなに怒るの?」

「あたりまえだろうがっ。ヤンキーの役のときはダルいだムカつくだ言って食事も作らない、プレイガールの役のときは派手な格好をして男の話しかしない。で、今度は、帰ってくるなり死人みたいな顔してソファに座ったきり……いったい、どういうつもりなんだ!」

卓人が怒っている原因が、ようやくわかった。

「どうして、いまさらそういうことを言うの? 私の仕事を、理解してくれていたんじゃないの?」

「度が過ぎてるんだよっ。いつもいつも、役作りのためにいろんな人格になるお前につき合わされる俺の身にもなってみろよ！」

ヒステリックに喚《わめ》く卓人をみて、弘子の心は急速に冷えていった。

卓人の気持ちもわからなくはない。頭ではわかっていた。

しかし、理屈ではなく、卓人にたいしての感情がどんどん冷めてゆく……。

「ところでさ、一緒に住む、新しいマンションの件、考えてくれた？」

急に卓人が、瞳を輝かせて言った。

「卓人。私の仕事、わかってるでしょう？」

水香がため息交じりに言うと、卓人が憮然《ぶぜん》とした表情になった。

「女優は、彼氏と一緒に住んじゃいけないのかよ？　まさか、ファンの眼を気にしているんじゃないだろうな？」

「気にしているに決まっているじゃない」

「お前……俺よりファンのほうが大切だっていうのか⁉」

血相を変える卓人をみて、彼とは別世界に生きているということを改めて実感した。

「あのね、どっちが大切かどうかとかの問題じゃないの。卓人は私の恋人で鈴木弘子を知っているし、ファンはドラマや映画の中の鳥居水香しか知らないんだから、一緒には考えられないでしょう？」

「その恋人が同棲しようって言うのを拒絶するんだから、ファンのほうが大事なのかと思っても仕方ないじゃないか⁉」

「私が言っているファンが大切っていうのは、女優として生きて行くためよ。ただでさえ写真週刊誌の記者が私の周囲を嗅ぎ回っているのに、同棲なんか始めたらすぐにバレちゃうじゃない。ファンよりも怖いのは、スポンサーにCMを下ろされるかもしれないってことよ。スポンサーと交わした契約書に、企業のイメージダウンになる行為をした場合は契約を解除するって書いてあったの」

「別に悪いことをしているわけじゃないし、好きあっている者同士が一緒に住んで、どうしてイメージダウンになるんだよ⁉　いまどき同棲なんて珍しくもないだろう？」

　卓人が、納得できないとばかりに憮然とした。

「私は、女優なの！　一般人とは違うわ」

　言った端から、後悔に襲われた。

　卓人に人間性を疑われるひと言だ、ということはわかっていた。わかってはいたが、敢《あ》えて、それを口にした。

　弘子は、ゆっくりと立ち上がると、クロゼットから衣類を取り出しスポーツバッグに詰め込み始めた。

「おい、なにしてんだよ？」

卓人の問いかけを無視して、弘子は衣類を詰め込み続けた。

「なにをしてるって、訊いてるんだよ！」

卓人が、弘子の腕を摑んだ。

「離して」

弘子は、抑揚のない声で言った。

「お前、出て行くつもりか⁉　鈴木弘子は、どこに行ったんだよ？」

弘子は無言で卓人の腕を振り払うと、リビングをあとにした。

外資系のサラリーマンで容姿端麗な卓人は、頼り甲斐があり稼ぎもよく、恋人として文句のない男性だった。

だが、どんなに完璧な男性であろうと、弘子の「夢」の実現の妨げになるかぎり、別れることに微塵《みじん》の未練もなかった。

「鈴木弘子ではなく、鳥居水香を愛してくれる人じゃなければ必要ないわ」

弘子は淡々と言い残し、卓人を置き去りにして外へと出た。

第十二章

「みてみて、あれ、鳥居水香じゃない⁉」

「あ、本当だ！」

「嘘！　ヤバい！　マジ、信じられない！」

「テレビでみるよりすっごい細いじゃん」

「さすが売れっ子女優だな。めちゃめちゃ綺麗だよ」

渋谷のブティックで服を選んでいた弘子が色味をみるためにサングラスを外した瞬間、居合わせた客達が興奮気味に言った。

「行くわよ」

ふたたびサングラスをかけた弘子はため息を吐き、畑野に告げると足を踏み出した。

「水香さん、サインください」

ギャルふうの少女をきっかけに、四、五人の若者が弘子の周囲に群がった。

無視して、人だかりを掻き分ける弘子。執拗に追い縋る若者達。

「このコ達をなんとかしてよっ。あなた、なんのために私にくっついてるのよ！」

公衆の面前で畑野を怒鳴りつける弘子に、それまで笑顔だった若者達が表情を強張らせた。

畑野を叱責したのは一度や二度ではないが、人前では初めてだ。

女優はイメージ商売……百も承知だった。

しかし、感情を制御することができなかった。

ここ最近、情緒不安定の弘子は、些細なことで泣き、些細なことで怒りを爆発させた。

現場でも事務所でも常にイライラしているので、スタッフ達は腫れ物を扱うように弘子に接していた。

ゴールデン枠のドラマの主役、全国ロードショーの映画の主役、十二本のCM、家賃四十万の高級マンション暮らし、二〇〇六年度「この顔になりたい芸能人一位」、「彼女にしたい芸能人一位」……地位、名誉、金のすべてを弘子は手に入れつつあった。

芸能界は、弘子を中心に回っていると言っても過言ではなかった。

それでも、満たされなかった。

栄光の裏でなにかが確実に欠落していたが、そのなにかが弘子にはわからなかった。

「すみません……」

「すみませんてね、謝ればいいってもんじゃないわよ！」

蒼白な顔で謝る畑野に追い討ちをかける弘子――止まらなかった。

いくら怒鳴りつけても、気が収まらなかった。

「テレビと全然違うじゃん」

「性格悪っ」

「いやな女ね」

さっきまでとは一転した雑言が、そこここから漏れ聞こえてきた。

もう、そこまでにしなさい。

あなたはトップ女優……夢を売る職業でしょう？

ファンを幻滅させてどうするの？

自責の声が、弘子の脳内で渦巻いた。

「馬鹿じゃないの！　ほんと、使えない男っ」

自責の声を打ち消すように弘子は畑野に毒づき、人だかりを掻き分け店の外へと駆け出した。

待機していた車に乗り込んだ弘子は、シートに深く座り背を預けた。

弘子を追いかけ店から出てきた若者達が、リアウインドーの周囲に群がった。

「はやく、出してちょうだい」

弘子は、ドライバーの飯島に棘々しい声で告げた。

「え、でも、畑野さんが……」

「いいから、はやく出して！」

車内に響き渡る弘子の金切り声を合図に、飯島が弾かれたようにアクセルを踏んだ。

弘子は眼を閉じた。

少しずつ、少しずつ、「鈴木弘子」が消えていくような不安に襲われた。

☆

☆

「今度のドラマは、キャバクラのキャストという役どころですが、じっさいに、キャストの方にお会いになったりはしたんですか？」

「いいえ」

「では、資料かなにかで研究なさったりとか？」

「いいえ」

「ということは、独自の世界観で演じられたのですか？」

「いいえ」

それまで根気強く笑顔で質問を続けていた女性インタビュアーの表情が強張った。

それも、無理はない。

ホテルの一室を借りきってのテレビ雑誌の取材が始まって十五分、弘子が口にした言葉は「いいえ」だけなのだから。

不機嫌というわけでも、インタビュアーが嫌いなわけでもなかった。

ただ、やる気が起きないだけの話。

次クールの連続ドラマの番組宣伝。

本来なら、いつもの何倍増しの笑顔で、新しい役にたいしての意気込みを熱く語るのが普通だ。

テレビや雑誌等での番宣は視聴率を大きく左右し、高視聴率を叩き出せば女優としての評価も上がり、ＣＭのオファーも殺到する。

だから、気位の高い女優であっても、番宣のときだけは普段なら絶対にＮＧのバラエティ番組に出演したり、雑誌等の取材にも、人が変わったような愛想のよさで答えるのだった。

弘子も、取材陣に好かれ、好意的な記事や発言が雑誌に掲載、またはワイドショーなどで流されることの重要性は十分にわかっていた。

彼、彼女らを敵に回せば、多くの読者や視聴者に悪意に満ちた印象が伝わり、女優としての命綱である好感度が暴落してしまう。

そうなれば、イメージをなにより大事にするスポンサーが離れ、ＣＭやドラマの仕事も激減してしまうのだ。

鼻持ちならない売れっ子女優がプロデューサーなどの現場スタッフに横柄な態度を取っても、カメラやテープが回ると優等生に変身するのは、すべてが好感度をアップさせるためだ。

しかし、ここ最近の弘子は、そんなあたりまえのことができていなかった。

「すみません。少し、外して貰ってもよろしいですか？」

畑野が、申し訳なさそうに女性インタビュアーと雑誌の編集者に言った。

渋々と腰を上げ、退室するふたりを見送り、畑野は弘子と向き直った。

「水香さん、いったい、どうしたんですか？」

「なにが？」

「なにが……って、なにを訊かれても『いいえ』しか答えないのは、まずいと思うんですけど……」

「だって、そういう質問しかしないんだから、しようがないじゃない」

弘子は、メンソール煙草に火をつけながら言った。

畑野が、やれやれ、という顔で席を立ち、窓を開けた。

マスコミには、鳥居水香は煙草を吸わないことになっている。

インタビュアー達が戻ってきて部屋に匂いが残っていたらまずいということなのだろう。

「番宣は、女優にとって一大イベントです。気持ちはわかるんですけど、もう少し、協力的にお願いできませんか？」

「だったら、もっとましな質問させなさいよ。あなた、マネージャーでしょう？　ただポケーッと座ってるだけなら、置物と変わらないじゃない」

毒づきはしたが、本当は、畑野が正しいことを言っているのはわかっていた。

八つ当たり——自己分析不可能なもやもやを、畑野にぶつけるしかなかった。

「とにかく、もっとマスコミが喜ぶような発言をお願いしますよ」

畑野は怒りをぐっと押し殺した顔で言うと、弘子から煙草の吸い差しを奪い取りトイレに流し、ドアに向かった。

「すみませんでした。ちょっと、疲れていたようです。もう、大丈夫ですから最初からやり直して頂けますか？」

へこへこと諂《へつら》いながら、畑野が女性インタビュアーと雑誌編集者をふたたび部屋へと招き入れた。

「最初からというのもなんですから、質問を変えますね。水香さんは、これまで様々な役を演じてらっしゃいましたが、これまで一番苦労した役作りはなんですか？」

「そんなの……」

弘子は、言葉を呑み込み眼を閉じた。

専門学校生、看護師、ＯＬ、デザイナー、花屋……これまで演じてきた役柄が、入れ替わり立ち替わり頭の中を駆け巡った。

脳の奥が締めつけられたようになり、こめかみに激しい疼痛《とうつう》が走った。

「え？　なんです？　いま、なんて……」

「全部に決まってるじゃない！」

突然絶叫し、ソファを蹴って立ち上がる弘子に女性インタビュアー、雑誌編集者、畑野が啞然とし眼を白黒させた。

「自分じゃない他人を演じるのよ⁉　性格も、仕草も、行動も……なにからなにまで、自分と違う人間にならなければならない苦労があなた達にわかるわけないでしょ！　わかるわけ、ないじゃない……」

うなだれた弘子のヒールの爪先に、涙が落ちて弾けた。

☆

☆

「なにを言ってるんだよ、水香！　そんなこと、受け入れられるわけないだろう⁉」

ドルフィンプロダクションの社長室に、神原の大声が響き渡った。

「そうだよ、水香。来年には連ドラの主演が三クール、二本の映画が決まってるんだぞ⁉　一年間の休養なんて、できるわけないじゃないか！」

神原の隣りでは、谷川も血相を変えていた。

「無理に仕事を続けたら、今日のインタビューみたいになってしまいますよ。それでも、いいんですか？」

ふたりとは対照的に表情ひとつ変えずに開き直る弘子に、神原と谷川が顔を見合わせて困惑した。

弘子は、事務所の社長とチーフマネージャーを挑発したわけでも駄々をこねているわけでもなく、ただ、素直な心境を口にしただけだ。

せっかく摑んだトップ女優の座……彼らに言われなくても、守りたかった。

しかし、守りたいという思いよりも解放されたいという思いのほうが勝っていた。

トップから滑り落ちないようにというプレッシャーとは違う、ハードスケジュールでプライベートのないストレスとも違う。

弘子自身、なにから解放されたいのかがわからなかった。

「なあ、水香。いったい、なにが不満なんだよ？　いまのお前は、富と名声を好きなだけ手にしている。局プロも映画監督も、お前の言うことにはほとんど首を縦に振る。これ以上、なにを望むというんだ？」

神原が、懸命に訴えかけた。

「別に、なにも」

弘子は、横を向いた。

嘘ではない。いや、望むことがあるとすれば、鳥居水香から離れることだ。

「なんだ、その態度は！　社長のおかげでここまで大きくなったんだろうがっ。自分ひとりの力でいまの地位を築いたと思ってんのか！　お前は、いったい、何様のつもりだっ」

谷川がオールバックの髪を振り乱し、堪忍袋の緒が切れたとばかりに応接テーブルを両の掌で叩いた。

売れ始めてからの弘子の増長した態度が、相当、腹に据えかねていたのだろう。

「じゃあ、クビにすればいいじゃないですか」

素っ気なく、弘子は言った。

「なんだとっ、お前……」

「谷川っ、やめろ！」

神原が、熱《いき》り立つ谷川を一喝した。

「そうやって社長が甘やかすから、水香が図に乗るんですよっ」

神原にたいしてはイエスマンの谷川が、珍しく反論した。

たしかに、仕事が取れ始めてから、神原は弘子になにも言わなくなった。

撮影現場で煙草を吸っても、ドラマの収録中に不機嫌になり楽屋に引き籠もっても、テレビ局の局長クラスとの会食中にメールを打っても、すべて黙認していた。

神原が水香に接する態度は、腫れ物を扱うようにという表現が一番しっくりくる。

「お前、俺に指図する気か？　あ？」

神原が、それまでとは一転した剣呑なオーラを醸し出した。

「い、いや……そういう意味じゃないんですよ」

さっきまでの勢いは影を潜め、谷川がしどろもどろになった。

「そういう意味じゃなければ、どういう意味なんだ！」

「すみません……」

青菜に塩をかけたように、谷川がうなだれた。

「水香。次のクールのドラマまで、こなしてくれないか？　そしたら、あとの仕事はとりあえず調整をつけるから」

懇願口調の神原を無視して、弘子は窓の外に視線を移した。

次クールのドラマが終わるまでに、眼にしみる緑の葉が生い繁る樹木は枯れ枝に、抜けるような青空はくすんだ灰色になるだろう。
それまでに、きっと私は……。
脳裏に浮かんだ近い将来の自分が、覇気なく笑いかけてきた。

第十三章

「いらっしゃいませーっ」

黒服の威勢のいい声に、麻美は弾かれたように出入り口を振り返った。

百八十センチを超える長身の男性客が、黒服に先導されながら客席を縫った。

「みてみて、藤間純也よ」

「嘘……信じらんない」

「うわぁ、本物だ」

「テレビでみるより、背が高いわ」

そこここから、キャスト達のひそひそ話が聞こえてきた。

藤間は、アメリカのメジャーリーグで八十億円の契約を結んだスーパースターだった。

いまはオフシーズンで、日本に帰ってきているのだろう。

「ちょっと、おトイレへ」

麻美は客に断り、席を立った。麻美が向かったのは、トイレではなくフロアの奥で各テーブルに視線を巡らせるチーフマネージャーの黒沢だった。

麻美とほとんど同時に、黒沢のもとに駆け寄ってきたのは予想通りアンナだった。

アンナは、「レディブロンド」でナンバー1争いを繰り広げている宿敵だった。

「チーマネ、私を五番テーブルに付けてください」

麻美は、アンナに先を越されないように切り出した。

顧客のテーブルに付きたいと直訴するのは、よほどの太客でないかぎりありえない。その意味で藤間は、「レディブロンド」始まって以来の超太客だ。

彼を指名客にしたほうが、今月のトップになるのは確実だ。

「私のほうが、藤間選手の好みだと思うわ。なにかのインタビューで聞いたことがあるんだけど、彼はグラマラスな女性がタイプなんだって。言いづらいんだけど、麻美ちゃんじゃどうなんだろう……」

巻き返しを計り、アンナが遠回しに麻美を攻撃した。

たしかに、自分はアンナのように巨乳ではない。

が、上から83、56、85と均整の取れたプロポーションをしており、スタイルには自信があった。

第一、アンナはバスト90と巨乳ではあるが、ウエストも62と太目だった。

「グラマラスって、出るとこ出て引っ込むとこ引っ込んでること言うんだと思うけど……」

麻美がチクリと反撃すると、アンナの血相が変わった。

「あのさ、それ、私への当てつけ⁉」

「あんたのほうが、先に私を馬鹿にしたように言ったんじゃない」

気色ばむアンナに、麻美は一歩も退かなかった。

「や、やめないか……。お客さんに、聞こえるじゃないか」

対峙するふたりの間で黒沢は、嫁と姑の板挟みになった婿養子のようにどぎまぎしていた。

ナンバー1の自分と2のアンナの諍いを前にすれば、チーフマネージャーもただのボーイに成り下がってしまう。

「チーマネが決めてよ。私と麻美の、どっちを五番テーブルに付けるの？」

腕組みをしたアンナが、黒沢に詰め寄った。

「賛成です。ふたりのうちどっちが相応しいか、チーマネの判断に任せます」

麻美も、物言いこそ柔らかいものの、有無を言わさぬオーラを発しながら黒沢にプレッシャーをかけた。

「じゃ、じゃあ、ふたりを付けるよ。ど、どっちを指名するかは、お客さんに決めて

「……」

「逃げないでよ！」

しどろもどろになる黒沢に、アンナが噛みついた。

「そうです。黒沢さんはチーフマネージャーなんだから……」

…………………………「水香ちゃん？」

台詞を中断してセットを出る弘子を、黒沢役の梶幹久が驚いた顔で追った。

「私の演技で、怒らせちゃったかな……」

アンナ役の坂井ちえが、青褪《あおざ》め、おろおろとした。

「どうしたの？　水香ちゃん。なにか気に入らないことがあったら言ってくれていいんだよ？　ちえちゃんの演技がやりづらい？　それとも、梶君かな？」

スタジオの出入り口まで追ってきた監督の筒井が、弘子の前に回り込み、顔色を窺いながら訊ねた。

「もう、疲れた……」

弘子は、憔悴《しょうすい》しきった表情で言うと、筒井を押し退けスタジオをあとにした。

第十四章

1月31日（水）

AM5：30　スタート
AM7：00　横浜中華街現地入り（ヘアメイク）
AM8：00　ドラマ・ロケ撮影
PM2：00　お台場のBX・バラエティ『ハイ・チーズ』収録にて番宣
PM4：00　お台場のBX・バラエティ『グリンボーイのどついたろか！』収録にて番宣
PM6：00　ドラマ・スタジオ撮影・渋谷　ビデオスペース入り
PM11：00　終了予定

2月1日（木）
AM3：30　スタート
AM5：00　お台場のBX・情報番組『早起きテレビ』生出演にて番宣
AM7：00　お台場のBX・情報番組『今日も快晴！』生出演にて番宣
AM10：00　お台場のBX・ワイドショー『ワイワイ芸能』生出演にて番宣
PM1：30　ドラマ・スタジオ撮影・渋谷　ビデオスペース入り
PM8：30　六本木　セシルスタジオにてファッション誌『mi☆mi』表紙撮影
PM11：30　終了予定

弘子は、虚ろな瞳で天井をみつめ、長いため息を吐いた。
明日は、誰がくるの？
さあ……。

どうして？　あなたが知らないなんて、おかしいじゃない。

そうね。おかしいわね。だけど、嘘じゃないのよ。いつ、どんなコが現れるかは、私にも知らされないのよ。

そんな馬鹿な話……あなた、私をからかってるの？

からかってなんかいないわ。彼女達がどこからきたか、いったい、何者なのか、本当にわからないんだから。いつも、突然に現れて、私をさんざん混乱させて消えてゆく。

私には、あなたの言っていることが、まったく理解できないわ。

仕方ないわね。私自身が、一番理解できないんだから。

ゆっくりと、眼を閉じた。

「ねえねえ、なに暗い顔してんのよ？　彼氏にでもフラれた？」

ウルフカットの若い女が、挑発的にからかってくる。

「悪いけど、ほっといて」

弘子は、ウルフカットの女から顔を背けた。

「かわいそうに。相当、深刻な悩みがあるようね」

ロングヘアの淑女が、同情めいた視線を投げてくる。

「別に、悩みなんてないわ」

弘子は、ロングヘアの淑女に強がってみせた。

「なにがあったか知らないけど、甘ったれてんじゃないわよ。世の中にはね、あんたよりもっと大変な悩みを抱えている人間が一杯いるんだよ」

茶髪の派手な水商売ふうの女が、突き放すように吐き捨てた。

「あんたに、説教される筋合いはないわよ」

弘子は、水商売ふうの女を睨みつけた。

「話してみて。私でよかったら、相談に乗るわよ」

おさげ髪の女が、優しそうな弧を唇に描いた。

「余計なお世話よ」

弘子は、おさげ髪の女から顔を背けた。

いまは、ひとりになりたかった。

いつも、様々な人間に囲まれて、気の休まる暇がなかった。

誰もいない静かなところで、ゆっくりと考える時間がほしかった。

携帯電話が鳴った。

好きなアーティストの着信音も、耳障りでしかない。

眼を開けず、無視した。

それでも、執拗にメロディは繰り返された。

歌のショートフレーズが十回を超えたとき、弘子は舌打ちをしながら上半身を起こして携帯電話を手にした。

「はい」

弘子は、不機嫌な声丸出しで電話に出た。

『あ、俺だけど、いま、少し大丈夫か？』

受話口から、谷川の遠慮がちな声が流れてきた。

「少しなら」

『ありがとう』

ぶっきら棒な態度にも、怒るどころか礼を述べる谷川。

以前の弘子なら、立場逆転に心地好さを感じていただろう。

しかし、いまは腫れ物を扱うように接してくる谷川が鬱陶《うっとう》しかった。

いや、谷川だけでなく、社長、局のプロデューサー、ディレクター、脚本家……鳥居水香の顔色を窺う誰も彼もが煩わしかった。

『今日、東菱銀行からCMのオファーが入ったんだけど、受けてくれるよな?』

東菱銀行と言えば都市銀行でも三本指に入る大手であり、伺いなど立てなくても断るタレントはいないほどのビッグビジネスだ。

だが、弘子はこの二ヵ月で三本のCMのオファーを断っている。

中丸製薬、西京不動産、グローバルネット……東菱銀行とまでいかないが、三社とも上場企業ばかりだった。

一社あたり四千万のギャラに、不満があったわけではない。

断ったのは、常備していない薬や必要のない家や利用していないサーバーを宣伝したくなかったから……本当の自分でない自分になりたくなかったからだ。

「受けません」

『受けませんって……なあ、水香、今回のスポンサーは天下の東菱銀行だぞ!? 銀行のCMに出たらイメージアップになるし、ほかの企業からのオファーも殺到する。なにより、お前の女優としての商品価値が上がる。それくらい、わかるだろう?』

「イメージアップしたいとは、思いませんから」

弘子は、にべもなく言った。

『わかった。じっくりと、話を聞こうじゃないか。事務所になにか不満があるなら言ってくれ。給料か？　マネージャーか？　それとも社長か？　秘密は守る。俺に、なんでも相談……』

「不満はありません」

弘子は、谷川を遮り言った。

『だったら、どうしてなんだ⁉　不満がないなら、なんで仕事を受けないんだ⁉』

いらついた谷川の、語気が荒くなった。

「言いたくありません」

『あのな、お前、そんなんじゃ芸能界でやっていけないぞ⁉　この世界は、隙あらば誰かの足を掬ってやろうと虎視眈々と狙っているやつらの集まりなんだ。たしかに、いまのお前はトップと呼ばれる立ち位置にいる。だがな、一夜にして立場逆転するのが芸能界というところなんだよ』

「別に、やっていけないのなら、それでも構いません」

弘子の素っ気ない返答に、電話の向こう側から谷川の長いため息が漏れ聞こえてきた。

『自分だけの力で、いまの地位を築けたと思うのか？　どれだけたくさんの人間が、仕事を取ってくるために頭を下げて走り回ってきたと思ってるんだ⁉　鳥居水香はな、もう、お前だけのものじゃないんだ。みんなが作り上げたものなんだよ。頼むから、わがままを言うのはやめてくれ。俺のほうから、社長のほうに待遇面も見直してもらうから。できるだけ、定期的にオフも入れるように……』

弘子は終了ボタンを押し、携帯電話をベッドに放り投げた。

みんなが作り上げた自分……その通りだ。

鳥居水香は、カットがかかれば鈴木弘子に戻るというわけではない。

いつまでも、ずっと、鳥居水香のままだ。

弘子はテレビのスイッチを入れ、サイドボードから無造作に何枚かＤＶＤを取り出しセットした。

リモコンの再生ボタンを押し、早送りにした。止めた。

画面に鳥居水香が現れた。じっと、彼女をみつめた。

彼女は、泣き喚き、クロゼットの中の彼の洋服を次々と鋏で切り裂いていた。足もとでは、遊んでくれていると思いミニチュアダックスが尻尾を振ってジャレついていた。

停止ボタンを押し、新しいＤＶＤと交換した。
リモコンの再生ボタンを押し、早送りにした。止めた。
画面に鳥居水香が現れた。じっと、彼女をみつめた。

彼女は彼のことを思いながら、山のような書類をコピー機にかけていた。背後では、意地の悪そうなおつぼねのＯＬが睨みを利かせていた。

停止ボタンを押し、新しいＤＶＤと交換した。
リモコンの再生ボタンを押し、早送りにした。止めた。
画面に鳥居水香が現れた。じっと、彼女をみつめた。

彼女は彼と激しく抱擁し、長い口づけを交わしていた。彼の記憶がこのまま戻らないことを祈りながら……。

停止ボタンを押し、新しいＤＶＤと交換した。
リモコンの再生ボタンを押し、早送りにした。止めた。

画面に鳥居水香が現れた。じっと、彼女をみつめた。

彼女は目隠しをされ、ベッドに横たわっていた。リビングのソファでは、「彼」が静かに彼女を観察していた。

停止ボタンを押し、新しいＤＶＤと交換した。

リモコンの再生ボタンを押し、早送りにした。止めた。

画面に鳥居水香が現れた。じっと、彼女をみつめた。

彼女は、睡眠薬の瓶を片手に虚ろな瞳を宙に泳がせていた。フォトスタンドには、仲良くピースサインをしているふたりが写っていた。

停止ボタンを押し、新しいＤＶＤと交換した。

リモコンの再生ボタンを押し、早送りにした。止めた。

画面に鳥居水香が現れた。じっと、彼女をみつめた。

彼女は海岸沿いの道を車で走っていた。車内でかけられているＣＤは、彼が好きな山下達郎だった。

停止ボタンを押し、新しいＤＶＤと交換した。

弘子は、同じ動作を何度も繰り返した。ＤＶＤの数は、十五枚を超えていた。

すべてを観終わったＤＶＤを、弘子は次々と手で割った。

破片で切れた掌が血塗れになったが、割るのはやめなかった。

弘子はアルバムを取り出し、なにかに憑かれたように写真を引き裂き始めた。

リハーサル、休憩、楽屋、打ち上げ……鳥居水香となってからの写真は膨大な数だったが、一枚残らず破り捨てた。

そのタイミングを見計らったように、携帯電話が鳴った。

一回目のコールで、弘子は電話に出た。

『俺だ。ちょっと、いいか？』

社長の神原だった。

「しばらく、休みます！」

一方的にがなりたてるように言うと弘子は電話を切り、すぐにソラで覚えている番号をプッシュした。

『はい、鈴木でございます』

五回目のコールで、懐かしい声が流れてきた。

「お母さん、私よ」

『……弘子？　弘子かい⁉』

しばしの絶句後、母……紀美子が驚愕の声を上げた。

「いまから、帰るから」

『え⁉　ちょっと、あんた……』

ふたたび、弘子は一方的に電話を切るとクロゼットからキャリーケースを引っ張り出し荷造りを始めた。

実家に帰るのは、数年振りのことだった。

弘子の顔をみても、自分の娘だと気づかない恐れがある。

整形手術によって、紀美子が知っていた弘子と現在の弘子では別人のように容姿が変貌していた。

もう、二度と故郷の地を踏むことはないと思っていた。

決意をしたのは、地元に帰り母や友人達に変わり果てた姿をみせたなら、なにかが吹っ切れるかもしれないと思ったのだ。

ディスプレイに神原の名が表示された携帯電話が喚き続けていたが、無視して弘子は荷造りを続けた。

掌の出血で赤く染まった衣類に気づかないほどに、弘子は忘我状態に陥っていた。荷造りを終えた弘子は、キャリーケースを引き摺り虚ろな瞳で玄関へ向かった。

第十五章

「どちら様？」

母……紀美子が、目の前に現れた弘子をみて疑問符を表情に浮かべた。

「私よ」

「……」

唐突に訪ねてきた「見知らぬ女性」に、紀美子は戸惑っていた。

「弘子よ。わからない？」

「え!?」

紀美子の驚愕の顔は、弘子が十七年間実家に住んでいたときにはみたことのないようなものだった。

「あ、あなた……弘子なの？」

紀美子は、うわずり、掠れた声で訊ねた。

そのリアクションも、無理はなかった。

紀美子の知っている弘子よりいまの弘子は、目頭切開術により切れ長になった瞼は以前の二倍ほど大きくなり、鼻腔に人工軟骨を入れて鼻翼の脂肪を吸引することでマネキンのように鼻は高くなり、トレードマークだった八重歯を抜いて歯並びは整い、下顎の左右の奥歯を二本ずつ抜歯したことでひと回りは顔が小さくなっていた。

弘子は、小さく無表情に頷いた。

本当は、内心、紀美子に聞こえるのではないかと思うほどに鼓動が高鳴っていた。

「その顔……いったい……どうしたの⁉」

「ああ、これ？　整形よ」

わざと、あっけらかんと弘子は言った。

最も触れられたくない部分だからこそ、さらりと流したのだ。

「整形って、あなた……」

ふたたび、紀美子が息を呑んだ。

「ねえ、疲れちゃった。上がらせてよ」

言い終わらないうちに、弘子はヒールを脱ぎ始めた。

足の裏に伝わる板張りの、ミシッ、という感触が懐かしかった。

「あ、ちょっと……」

慌てて、紀美子が弘子のあとを追った。

彼女の中では、他人に勝手に踏み込まれている、という感覚があるのだろう。

「はぁ～懐かしい。昔と、なにも変わってないね」

弘子は構わず奥に足を進め、茶の間のドアを開けた。

紀美子に言ったとおりに、和室に古ぼけた卓袱台《ちゃぶだい》と簞笥《たんす》の置かれたその光景は、四年前と同じだった。

「やっぱり、実家は落ち着くわね」

弘子は座椅子に腰を下ろし、首を巡らせた。

このチェック柄の座椅子は、高校生まで弘子が使っていたものだ。

「あなた、いま、どんな生活をしているの？」

弘子の向かいの座椅子に座った紀美子が、好奇と怪訝の入り交じった瞳でみつめた。

「喉渇いた。なにか飲み物頂戴よ」

マネージャーに頼むときとは違う、子供っぽい甘えた感じの物言いだった。

「ココアでいい？」

「うん」

胸が弾んだ。

ココアは、弘子の好物だった。

覚えていてくれたことに、不意に目頭が熱くなった。

紀美子が台所に立っている隙に、そっと涙を拭いた。

が、拭っても拭っても涙が止めどなく溢れた。

好物を覚えてくれていたことばかりが原因ではなかった。

芸能界に入って四年目、走り続けてきた。

その道は、平坦なものばかりではなかった。

畔道《あぜみち》、泥道、イバラの道……。

躓き、転び、泥だらけになっても……傷だらけになっても、弘子は起き上がり足を踏み出した。

誰にも弱音を吐けなかった……また、吐こうとも思わなかった。

芸能界は、弱味をみせた瞬間に襲いかかろうと待ち構えている獣達の棲《す》む世界だ。

分かち合える人間などいないし、心を許せる人間もいない。

信じられるのは、自分だけだった。

安息の地を求めて、突然に姿を現した娘に母は困惑し、迷惑そうにさえみえた。

しかし、それでも、弘子にとっては実家は唯一の安息の地だった。

紀美子の存在は、渇き、ひりつき、ズタズタになった弘子の心を癒してくれた。

紀美子の足音が近づいてきた。

弘子は慌ててハンカチで濡れている頬を拭った。

「はい、どうぞ」

紀美子が他人行儀な口調で、湯気の立つココアのカップを弘子の前に置いた。

息を吹きかけ、ココアを啜った。

温かさが、躰の隅々にまで染み渡った。

「私の顔みて、何してるかわからない？」

弘子は、独り言のように呟いた。

「え？」

「だって、私がなんの仕事をしているか知らないんでしょう？　この顔見て、なにか気づかない？」

「……あの鳥居なんとかとかいう女優には似ている気がするけど……」

「私がその鳥居水香なの」

紀美子が、きょとんとした顔で首を傾げた。

「なに言ってるの、母さんをからかっているの？」

「信じられないかもしれないけど、本当なの……」

テレビはもちろん、コンビニ、映画館、ブティック、レストラン、レンタルビデオショップ……どこへ行っても目にするであろう「鳥居水香」をみて、我が子の面影を探すことが出来なかった紀美子。芸能の世界に浸かる内に、整形のせいだけではなく、その容姿に「鈴木弘子」の面影は残っていなかった。

紀美子が、びっくりしたように眼を見開いた。

もともと芸能界というものを嫌悪している紀美子は、ニュースぐらいしかテレビを観ない。弘子が家を飛び出してから、それはますます顕著になっていった。逆に言えば、その彼女が知っているぐらい、「鳥居水香」の名前は大きくなっていたのだ。

「ねえ、そんな話より、バードウォッチング、まだやってるの？」

弘子は、話題を変えた。

遅かれ早かれ、父が帰ってくればこの間《かん》の話をしなければならないだろう。少なくともそれまではこれ以上、この話題には触れたくなかった。

バードウォッチングは、紀美子と父——俊次の共通の趣味で、弘子も小学生の頃はふたりによく連れられて高原や雑木林に行ったものだ。

「もちろん。この前、とても変わったウグイスがいたのよ。頭に、鶏みたいな鶏冠が生えてるの。赤い毛じゃなく、白だったけどね。お父さん、子供みたいに興奮しちゃって」

そのときの様子を思い出したのだろう、紀美子が含み笑いをした。

スタッフにちやほやされることもなければ、報道陣に囲まれることもない。

テレビカメラや照明もなければ、ファンに追いかけられることもない。

実家で母と過ごす空間は、鳥居水香のいる華やかな世界に比べようもないほどに地味だが、いまは、それが心地好かった。

「なんだか、『グレムリン』のボスみたいだね」

「『グレムリン』？　ああ、あなたが子供の頃、一緒に観たわね」

紀美子が、声を弾ませた。

タイムスリップしたような錯覚に、弘子は襲われた。

この時間が永遠に続けばいいのに……と弘子は思った。

「ねえ、母さん。私のこと、怒ってる？」

弘子は、家出同然に飛び出してからずっと気になっていたことを訊ねた。

「最初の一ヵ月は怒って、二ヵ月が過ぎた頃には心配になって、知り合いや心当たりの場所を片端から当たったわ。半年が経った頃には祈る気持ちになって、ひたすら待って、待って、二年の月日が流れた。三年目には諦めの心境になって、ウチには娘はいなかったんだと、思い込もうとしたわ」

紀美子の力ない笑みをみた弘子は、ほんの十数秒の言葉の中から、彼女がどれだけ哀しみの底で喘《あえ》いできたかを察した。

あのときの自分は、東京に行きたい、芸能界に入りたい……それ以外の物事は、まったく眼に入らなかった。

——なに馬鹿なことを言ってるのっ。芸能界なんて、ろくなもんじゃないわ。母さんはね、あなたにそんなことをさせるために育ててきたんじゃないのよ！

紀美子は、ヒステリックに弘子の「夢」を否定した。

——冷静になりなさい。女優なんてのはな、あんなもの仕事でもなんでもない。保証もなにもないし、売れているときはいいが、売れなくなったらポイ捨てだ。大学を出て、ちゃんとした職業に就きなさい。

俊次は、柔らかい物腰ではあったが、弘子の「夢」を否定した。

高校の教諭、親戚、友人……弘子の「夢」に共鳴してくれた者はひとりもいなかった。

すべての人間が敵にみえた。すべての人間が鬱陶しくなった。

テレビで同年代の少女が活躍しているのをみるたびに、焦燥感が募《つの》り、一日……いや、一時間でもはやく、故郷から脱出したくなった。

弘子は、「夢」を実現した。

しかし……。

「弘子。別人みたいな顔になって売れて、それで幸せなの?」

弘子は小さく顎を引いた。

強がりではなかった。

以前の自分の顔は嫌いだった。

現在の顔は気に入っていたし、ナンバー1女優と呼ばれる地位に登り詰めたことにも満足していた。

しかし……。

「そう。あなたがいいなら、なにも言わないわ。でも、母さんの知っている弘子は、もういなくなったわ」

紀美子の呟きが、鋭利な刃物のように胸に突き刺さった。

「少し、横になりたいんだけど……」

言い終わらないうちに弘子は、倒れ込むように畳に横たわった。

精神的疲労の極限に達していた弘子は、すぐに規則正しい寝息を立て始めた。

終章

「私が私よ」

綾が真っ先に弘子にアピールした。

「嘘を吐かないで。私が本物だから、信じてね」

千春が、綾に激しく反発した。

「ふたりの言うことを信じちゃだめよ」

智子が、綾と千春に聞こえないように小さな声で弘子に言った。

「勝手なことばかり言わないでちょうだい！」

康子が、ヒステリックにみなに叫んだ。

「あなたも、同じじゃない。だって、本物は私なんだから」

里花が、呆れた口調で弘子に言った。

「嘘吐きばっかりね。もう、話を聞かないほうがいいわよ」

理佐が、耳に唇を近づけて弘子に囁いた。

「私は、自分が本物だという気はないわ。だからあなたも、誰の話が真実かを見極める眼を持ったほうがいいわよ」

つぐみが、寛容な物言いで弘子を諭した。

「もう……いい加減にしてっ。お願いだから、みんな……みんな消えてよ！」

弘子は耳を押さえ、弾かれたように上体を起こした。

そこは見慣れた自分の部屋でなく、古ぼけた和室だった。

弘子の躰は、全身、ぐっしょりと汗に塗れていた。

「弘子、大丈夫⁉」

心配そうに顔を覗き込む紀美子をみて弘子は、数年振りに里帰りをしていたことを思い出した。

☆　☆

「ずいぶんうなされていたけど、どうしたの？」

紀美子が、優しく訊ねてきた。

弘子は、小さく首を横に振った。

「言いたくないの？」

ふたたび、首を横に振った。

「じゃあ、話してくれるのね？」

みたび、首を横に振った。

「いったい、どっちなのかはっきりしてよ」

紀美子は、誰に語りかけているのだろう？

それもわからないのに、誰が答えればいいというのか？

はっきりしたくても、返事のしようがなかった。

「仕事のことでなにか悩みでもあるのなら、母さんに……」

「綾？　千春？　智子？　康子？　里花？　理佐？　つぐみ？　誰⁉　いったい、誰の悩みを聞きたいの⁉」

弘子は紀美子の言葉を遮り、一気に捲《まく》し立てた。

「弘子……」

紀美子の表情が、弘子のあまりの剣幕に彫像のように固まった。

「もう……疲れた……」

うなだれ、弘子はポツリと呟いた。

「え？　なに？」

弘子はゆらゆらと立ち上がり、茶の間を出た。

「あ、弘子、どこへ行くの⁉」

背後から、慌てた紀美子の声が追ってきた。

「私よ……私が私の意志で、私の足で外へ出るの……」

「待ちなさい、待ちなさいったら」

肩を摑む紀美子の腕を振り払い、弘子は裸足のまま沓《くつ》脱ぎ場に下りてドアを開けた。

「あ！　鳥居水香だ」

「嘘嘘っ、ほんとだ！」

「本物だぞ！」

目敏《めざと》い雑食動物達が、弘子を指差し口々に吠え立てた。

「決めるのは私よ……あなた達じゃない……私なの……」

アスファルトのサバンナを走り回る鉄の動物達が、次第に近づいてきた。

「弘子、弘子っ、弘子！」

紀美子の声が、激しく鳴らされるクラクションがフェードアウトしてゆく……。

「みんな、消えちまえ……」

回る視界が、闇に呑み込まれた。

文庫版あとがき　芸能界という魔境

過去を捨てる。

芸能界では、珍しいことではない。

貧困、出身国、非行歴、異性関係……トップスターになるほどに封印しなければならないことは山とある。

芸能界は、イメージがすべての世界だ。

たとえカモであっても白鳥だと、蛾《が》であっても蝶《ちょう》だと偽らなければならない世界だ。

この世界の住人は、「ありのままの姿」を歓迎しない。

カモがカモとして、蛾が蛾として生きてゆけない。

偽るためには、顔や国籍を変えることも厭《いと》わない。

親、兄弟、親戚、恋人……この世界で伸《の》し上がるには、大切な人間であっても絶縁しなければならない場合がある。

善人、素直、誠実、素朴……一般人として生きてきた中での高評価は、芸能界ではなんの役にも立たない。

役に立たないどころか、マイナスにしかならない。

自分より強い光があれば打ち消し、自分より才能がある者がいれば引き摺り下ろす。

それくらいでなければ、過酷《かこく》な「サバイバルゲーム」を生き抜いてはゆけない。

さて、本書のタイトルである『枕女優』という言葉は、正式には存在しない。

『枕営業』という肉体接待をする女優のことを表現した造語《ぞうご》である。

仕事を取るために、プロデューサーやスポンサーと一夜をともにする。

読者の方も一度は耳にしたことや週刊誌などの記事で読んだことがあるかもしれないが、「本当にそういうことをするコはいるのか？」と思っている方も多いだろう。

結論から言えば、イエスだ。

ただし、よく言われているような、プロダクションがセッティングして差し出す……というケースはほとんどない。

タレント自身が、自分の利益になると思った立場の人間に近づき、誘惑する、または誘惑される隙をみせる。

つまり、自らの判断で肉体を開く決意をする。

そのケースがほとんどだ。

いくら仕事を取るためとはいえ、好きでもない相手と肉体関係を持つなんて信じられない。

そう思う方は正常な思考の持ち主だ。

そして、正常な思考では渡ってゆけないのが、芸能界でもある。

考えてみてほしい。

結婚や離婚、痴話《ちわ》喧嘩や浮気が日本全国に大々的に報じられるような「売れっ子」という名のプライバシーのない生活を望む輩《やから》が、正常な思考を持ち合わせているとは考えられない。

芸能界で成功するということは、プライベートを切り売りするということだ。

二十四時間三百六十五日監視される生活を受け入れなければならないのだ。

家族が、恋人が、などと甘っちょろいことを言っている人間には、とてもではないが芸能人は務まらない。

「知名度」と引き換えに一切を犠牲にする覚悟の持ち主でなければ、遅かれ早かれ淘《とう》汰《た》されてゆく。

本作の主人公である鈴木弘子は、顔を変え、性格を変え、鳥居水香という女優に生まれ変わった。

弘子はヘビースモーカーであっても水香は嫌煙派を装《よそお》わなければならない。

弘子は黒が好きであっても、水香は白やピンクを身につけなければならない。
弘子は動物嫌いでも、水香は子犬を抱いてにっこり微笑《ほほえ》まなければならない。
弘子は彼氏がいても、水香は男っ気なしでいなければならない。

鈴木弘子は芸能界で「トップ女優」の座を取るために、家族も恋人も、そして、「鈴木弘子」さえ捨てた。

鳥居水香となった弘子は、キャスティング権のあるプロデューサーや監督……好きでもない男に肉体を開き、愛の言葉を囁《ささや》き、「役」を手に入れた。

連続ドラマや映画のヒロイン、ＣＭ……。

純潔を失ってゆくたびに、水香の仕事は増え続けた。

鳥居水香の存在が芸能界で大きくなるたびに、鈴木弘子の存在は小さくなっていった。

勝気な性格、臆病な性格、明るい性格、暗い性格……仕事が増えるほどに、様々な役の女性を演じた。

役になりきり、ときには乱暴な女に、ときには慎《つつ》ましやかな女を演じた。

肉体接待で得たドラマや映画の役を完璧に演じることで、水香の女優としての評価は上がっていった。

比例するように、弘子としてのプライベートは置き去りにされていった。

撮影が近づくと役作りに入る弘子に、彼氏はついてゆけなくなった。

また、弘子も、水香である自分を優先し、二十四時間のすべてを「鳥居水香」として過ごすようになった。

トップ女優としての地位も名誉も得て、すべてが順風満帆《じゅんぷうまんぱん》にみえた水香にある落とし穴が待ち受けていた。

「いったい、本当の私は誰？」

撮影のたびにその役柄に入り込んでいた水香は、そんな自分に疑問を持ち始め、「悲劇」への道を歩み始めた。

本作品は、一見、華やかにみえる「女優」という仕事の暗部と悲哀を描いたものだ。

鳥居水香にモデルがいるかどうか？

それは、読者の方のご想像にお任せしたい。

本書は二〇〇八年五月、単行本として小社より刊行されました。

枕女優《まくらじょゆう》

二〇一〇年 六 月一〇日 初版印刷
二〇一〇年 六 月二〇日 初版発行

著 者 新堂冬樹《しんどうふゆき》
発行者 若森繁男
発行所 株式会社河出書房新社
〒一五一・〇〇五一
東京都渋谷区千駄ヶ谷二・三二・二
電話〇三・三四〇四・八六一一（編集）
〇三・三四〇四・一二〇一（営業）
http://www.kawade.co.jp/

ロゴ・表紙デザイン 粟津潔
本文フォーマット 佐々木暁
本文組版 KAWADE DTP WORKS
印刷・製本 中央精版印刷株式会社

落丁本・乱丁本はおとりかえいたします。
Printed in Japan ISBN978-4-309-41021-0

青春デンデケデケデケ

芦原すなお　40352-6

1965年の夏休み、ラジオから流れるベンチャーズのギターがぼくを変えた。“やーっぱりロックでなけらいかん”――誰もが通過する青春の輝かしい季節を描いた痛快小説。文藝賞・直木賞受賞。映画化原作。

A感覚とV感覚

稲垣足穂　40568-1

永遠なる“少年”へのはかないノスタルジーと、はるかな天上へとかよう晴朗なA感覚――タルホ美学の原基をなす表題作のほか、みずみずしい初期短篇から後期の典雅な論考まで、全14篇を収録した代表作。

オアシス

生田紗代　40812-5

私が〈出会った〉青い自転車が盗まれた。呆然自失の中、私の自転車を探す日々が始まる。家事放棄の母と、その母にパラサイトされている姉、そして私。女三人、奇妙な家族の行方は？　文藝賞受賞作。

助手席にて、グルグル・ダンスを踊って

伊藤たかみ　40818-7

高三の夏、赤いコンバーチブルにのって青春をグルグル回りつづけたぼくと彼女のミオ。はじけるようなみずみずしさと懐かしく甘酸っぱい感傷が交差する、芥川賞作家の鮮烈なデビュー作。第32回文藝賞受賞。

ロスト・ストーリー

伊藤たかみ　40824-8

ある朝彼女は出て行った。自らの「失くした物語」をとり戻すために――。僕と兄アニーとアニーのかつての恋人ナオミの３人暮らしに変化が訪れた。過去と現実が交錯する、芥川賞作家による初長篇にして代表作。

狐狸庵交遊録

遠藤周作　40811-8

遠藤周作没後十年。類い希なる好奇心とユーモアで人々を笑いの渦に巻き込んだ狐狸庵先生。文壇関係のみならず、多彩な友人達とのエピソードを記した抱腹絶倒のエッセイ。阿川弘之氏との未発表往復書簡収録。

父が消えた

尾辻克彦　40745-6

父の遺骨を納める墓地を見に出かけた「私」の目に映るもの、頭をよぎることどもの間に、父の思い出が滑り込む……。芥川賞受賞作「父が消えた」など、初期作品５篇を収録した傑作短篇集。解説・夏石鈴子

東京ゲスト・ハウス

角田光代　40760-9

半年のアジア放浪から帰った僕は、あてもなく、旅で知り合った女性の一軒家を間借りする。そこはまるで旅の続きのゲスト・ハウスのような場所だった。旅の終りを探す、直木賞作家の青春小説。解説＝中上紀

ぼくとネモ号と彼女たち

角田光代　40780-7

中古で買った愛車「ネモ号」に乗って、当てもなく道を走るぼく。とりあえず、遠くへ行きたい。行き先は、乗せた女しだい――直木賞作家による青春ロード・ノベル。解説＝豊田道倫

ホームドラマ

新堂冬樹　40815-6

一見、幸せな家庭に潜む静かな狂気……。あの新堂冬樹が描き出す“最悪のホームドラマ”がついに文庫化。文庫版特別書き下ろし短篇「賢母」を収録！　解説＝永江朗

母の発達

笙野頼子　40577-3

娘の怨念によって殺されたお母さんは〈新種の母〉として、解体しながら、発達した。五十音の母として。空前絶後の着想で抱腹絶倒の世界をつくる、芥川賞作家の話題の超力作長篇小説。

きょうのできごと

柴崎友香　40711-1

この小さな惑星で、あなたはきょう、誰を想っていますか……。京都の夜に集まった男女が、ある一日に経験した、いくつかの小さな物語。行定勲監督による映画原作、ベストセラー ‼

青空感傷ツアー

柴崎友香　40766-1

超美人でゴーマンな女ともだちと、彼女に言いなりな私。大阪→トルコ→四国→石垣島。抱腹絶倒、やがてせつない女二人の感傷旅行の行方は？　映画「きょうのできごと」原作者の話題作。解説＝長嶋有

次の町まで、きみはどんな歌をうたうの?

柴崎友香　40786-9

幻の初期作品が待望の文庫化！　大阪発東京行。友人カップルのドライブに男二人がむりやり便乗。四人それぞれの思いを乗せた旅の行方は？　切なく、歯痒い、心に残るロード・ラブ・ストーリー。解説＝綿矢りさ

ユルスナールの靴

須賀敦子　40552-0

デビュー後十年を待たずに惜しまれつつ逝った筆者の最後の著作。20世紀フランスを代表する文学者ユルスナールの軌跡に、自らを重ねて、文学と人生の光と影を鮮やかに綴る長編作品。

ラジオ　デイズ

鈴木清剛　40617-6

追い払うことも仲良くすることもできない男が、オレの六畳で暮らしている……。二人の男の短い共同生活を奇跡的なまでのみずみずしさで描き、たちまちベストセラーとなった第34回文藝賞受賞作！

サラダ記念日

俵万智　40249-9

〈「この味がいいね」と君が言ったから七月六日はサラダ記念日〉——日常の何げない一瞬を、新鮮な感覚と溢れる感性で綴った短歌集。生きることがうたうこと。従来の短歌のイメージを見事に一変させた傑作！

香具師の旅

田中小実昌　40716-6

東大に入りながら、駐留軍やストリップ小屋で仕事をしたり、テキヤになって北陸を旅するコミさん。その独特の語り口で世の中からはぐれてしまう人びとの生き方を描き出す傑作短篇集。直木賞受賞作収録。

ポロポロ

田中小実昌　40717-3

父の開いていた祈禱会では、みんなポロポロという言葉にならない祈りをさけんだり、つぶやいたりしていた——表題作「ポロポロ」の他、中国戦線での過酷な体験を描いた連作。谷崎潤一郎賞受賞作。

さよならを言うまえに　人生のことば292章

太宰治　40956-6

生れて、すみません——39歳で、みずから世を去った太宰治が、悔恨と希望、恍惚と不安の淵から、人生の断面を切りとった、煌く言葉のかずかず。テーマ別に編成された、太宰文学のエッセンス！

新・書を捨てよ、町へ出よう

寺山修司　40803-3

書物狂いの青年期に歌人として鮮烈なデビューを飾り、古今東西の書物に精通した著者が言葉と思想の再生のためにあえて時代と自己に向けて放った普遍的なアジテーション。エッセイスト・寺山修司の代表作。

枯木灘

中上健次　40002-0

自然に生きる人間の原型と向き合い、現実と物語のダイナミズムを現代に甦えらせた著者初の長篇小説。毎日出版文化賞と芸術選奨文部大臣新人賞に輝いた新文学世代の記念碑的な大作！

千年の愉楽

中上健次　40350-2

熊野の山々のせまる紀州南端の地を舞台に、高貴で不吉な血の宿命を分かつ若者たち——色事師、荒くれ、夜盗、ヤクザら——の生と死を、神話的世界を通し過去・現在・未来に自在に映しだす新しい物語文学！

無知の涙

永山則夫　40275-8

４人を射殺した少年は獄中で、本を貪り読み、字を学びながら、生れて初めてノートを綴った——自らを徹底的に問いつめつつ、世界と自己へ目を開いていくかつてない魂の軌跡として。従来の版に未収録分をすべて収録。

マリ&フィフィの虐殺ソングブック

中原昌也　40618-3

「これを読んだらもう死んでもいい」（清水アリカ）——刊行後、若い世代の圧倒的支持と旧世代の困惑に、世論を二分した、超前衛—アヴァンギャルド—バッド・ドリーム文学の誕生を告げる、話題の作品集。

子猫が読む乱暴者日記

中原昌也　40783-8

衝撃のデビュー作『マリ＆フィフィの虐殺ソングブック』と三島賞受賞作『あらゆる場所に花束が……』を繋ぐ、作家・中原昌也の本格的誕生と飛躍を記す決定的な作品集。無垢なる絶望が笑いと感動へ誘う！

リレキショ

中村航　40759-3

“姉さん”に拾われて“半沢良”になった僕。ある日届いた一通の招待状をきっかけに、いつもと少しだけ違う世界がひっそりと動き出す。第39回文藝賞受賞作。解説＝GOING UNDER GROUND 河野丈洋

夏休み

中村航　40801-9

吉田くんの家出がきっかけで訪れた二組のカップルの危機。僕らのひと夏の旅が辿り着いた場所は——キュートで爽やか、じんわり心にしみる物語。『100回泣くこと』の著者による超人気作がいよいよ文庫に！

黒冷水

羽田圭介　40765-4

兄の部屋を偏執的にアサる弟と、執拗に監視・報復する兄。出口を失い暴走する憎悪の「黒冷水」。兄弟間の果てしない確執に終わりはあるのか？史上最年少17歳・第40回文藝賞受賞作！　解説＝斎藤美奈子

にごりえ　現代語訳・樋口一葉

伊藤比呂美／島田雅彦／多和田葉子／角田光代〔現代語訳〕 40732-6

深くて広い一葉の魅力にはいりこむためにはここから。「にごりえ・この子・裏紫」＝伊藤比呂美、「大つごもり・われから」＝島田雅彦、「ゆく雲」＝多和田葉子、「うつせみ」＝角田光代。